겨울 데자뷔

겨울 데자뷔

최유수

민음사

길지 않은 여정이었다. 설원과 얼음 호수를 다녀왔다. 단순한 마음에 이끌려 간 것인데, 그곳의 끝없이 황량한 겨울 풍경들을 목도하고 나니 당연하고 익숙하던 시간 감각이 처음으로 뒤흔들렸다. 돌아오고 난 뒤 어떤 날에는 하얗게 길을 잃은 것처럼 시간의 흐름이 잘 이해되지 않았다. 어느새 뒤엉켜 버린 기억은, 거의 다 아물었지만 아직 일그러져 있는 하나의 상흔 같았다.

매일같이 흑백의 꿈을 꾼다. 핍진하면서도 낯선 시간들로 휩싸인, 미래로의 플래시백 같은. 손가락 끝으로 기억의 상형을 매만지면서 투명한 문장을 써 내려간다. 감각을 문장으로 옮겨 적는 일에 결국 실패할 것을 알고 있으면서 무엇이든 써야만 했다. 그래야만 현재가 현재일 수 있었고 미래가 미래일 수 있었다. 그해 겨울의 시간 덩어리가 내 마음에 남기고 산 섬자의 윤곽을, 어느 한때의 기이한 환상을 조용히 되짚어 본다.

멈추지 않는 열차, 휘날리는 눈, 뒤채이는 강, 멀어지는 숲……

이 책에서 시간은 관념보다는 심상에 가깝고 감각보다는 잔상에 가깝다. 새순이 움트는 식물의 몸짓이나 오래도록 잊히지 않는 아름다운 선율과도 같다. 영원한 무대 장치, 내려오지 않고 환하게 펄럭이는 막. 극장의 고장 난 시계가 우리를 인도한다. 산책로에서 우연히 만나듯이 종이 위에서 우리는 만날 것이고, 만날 때마다 언제나 겨울일 것이다. 소중한 단어들을 주고받으며 나란히 걸어갈 것이고, 벌거벗은 나무들이 우리를 지켜보고 있을 것이다.

이미 그리운 미래를 나는 기억한다.

차례

데자뷔

○

얼음으로 뒤덮인 마을에 무거운 적막이 감돌았다. 신조차 잠들어 버린 듯이. 언제라도 이 세계의 전원 레버가 툭 하고 내려질 것처럼. 조금이라도 길을 벗어나 눈을 밟으면 내가 꼭 첫 발자국이었다. 자연히 더 많이 걷고 싶어졌다. 곳곳에 동물들이 있었고 사람의 기척은 거의 느껴지지 않았다. 나도 모르게 발걸음이 조심스러웠다. 마을 어디에 있든 가슴께가 고양되었고 평화로웠다. 시간이 순수하게 느껴졌다. 모든 순간에 동요가 없었고 어떤 것에도 휩쓸리거나 재촉당하지 않았다. 방해 없이 자연과 사물을 바라볼 수 있었다. 몰입하려고 애쓰지 않아도 눈에 오롯이 들어왔다. 글로 생생하게 묘사된 배경처럼 주변이 부드럽게 전환되었다. 섬은 나를 정화하고 있었다. 오감을 목욕하듯이. 이곳을 떠나고 나면 이 맑고 깨끗한 감각이 그리워질 것 같았다.

낯선 장소에 머무는 동안 우리는 그곳의 정서에 따라 환기된다. 그리고 떠난 뒤에야 제대로 깨닫는다.

○

모든 여행은 시간 여행이다. 멍하니 길을 걷다가, 적막한 열차 안에서, 낯선 땅의 지는 해를 지켜보면서, 당장이라도 부러질 듯 얼어붙어 있는 나뭇가지나 거뭇거뭇한 황무지 곳곳에 피어오르는 하얀 연기를 바라보다가, 문득 과거를 회상하는 동안 잠시 현재가 사라지기도 하고, 잠시 나 자신의 미래가 되어 곧 과거가 될 현재를 미리 그리워하기도 한다.

여행은 현재의 손을 놓고 기꺼이 잃어버리는 일이다. 시간 축 위에 고정된 위치를 벗어나는 일이다. 누구나 여정 속에서 갈팡질팡하며 과거와 미래 사이를 넘나든다. 현재란 무엇인지, 그래서 어느 쪽으로 가야 하는지를 잃어버린 채 표류당한다.

○

작고 허름한 방 한 칸. 침대에 누웠는데 한참이 지나도 잠이 오질 않았다. 구석에 놓인 라디에이터 하나가 사람이 머물 수 있는 최소한의 실내 온도를 지켜 주었다. 손발이 몹시 시렸다. 몸이 닿아 있지 않은 베개와 이불의 부분 부분이 냉랭했다. 섬에 들어와 첫 번째 밤이었다. 두꺼운 붕대로 눈을 가린 것처럼 온통 캄캄했다. 어둠이 무섭지는 않았다. 섬의 어둠이 밝은 조명보다 아늑했기 때문이다. 꼼짝 않고 누워 있으니 내가 마치 어둠의 일부가 된 것 같았다.

흐르는 강물처럼 의식이 생생했다.

자꾸 어디선가 삐걱이는 나무 소리가 들렸다.

닫힌 창문 너머로 불투명한 안개가 가라앉았다. 어둠을 망토처럼 뒤집어쓴 섬의 침묵은 오래된 나무처럼 자연스러웠다. 홀로 짓눌린 나는 잠을 이룰 수가 없어 내내 뒤척였다. 뒤척일 때마다 한 순간이 떠나갔다. 어둠의 한 페이지가 소리도 없이 스르륵 넘어갔다.

얼굴만 내놓고 냉기를 느끼며 천장에 고인 어둠(한자리

에서 가만히 응시하다 보면 어둠은 마치 한구석에 웅크려 있는 작은 동물처럼 느껴진다.)을 바라보았다. 한낮의 올혼 섬과 바이칼 호수의 풍경이 한 폭의 벽화처럼 천장에 떠올랐다. 빛과 얼음이 만드는 반짝임에 정신이 맑아졌고, 이불 속에서 몸의 감각은 희미해졌다. 공중에 얼굴만 둥둥 떠다니는 유령처럼 눈을 깜빡였다. 생각은 세계의 모든 사물과 연결된 초월적 네트워크처럼 뻗어 나갔고, 영혼은 허공의 선로를 이탈한 열차처럼 아슬아슬해졌다.

낯선 방의 시계 초침 소리를 들으며 현재를 다스리는 시간이라는 질서에 관해 생각했다. 언젠가 깨어질 것이 분명한.

밤은 무자비하다. 모든 것을 내려놓고 싶었을 때에도 나는 과거와 미래라는 모순된 기억에 묶여 한 걸음도 나아갈 수 없었다. 걸어도 걸어도 현재일 뿐이었다. 이 땅에는 누구나 현재를 걷게 만드는 힘이 있었다. 일순간 거대한 차가운 강물의 감각이 나를 적시고 지나갔다. 살갗이 소스라쳤다. 위치를 가늠할 수 없는 창밖의 먼 곳, 그저 먼 곳이라고밖에 쓸 수 없을 만큼 머나먼 곳에서 기적과 같은 빛 덩어리가 꿈틀거리는 게 느껴졌다. 푸른 실루엣이 이쪽으로 다가오고 있었다.

금방이라도 스러질 것처럼 작은 공간에 실루엣과 목소리만 존재했다.

도무지 잠이 오질 않아.

창문을 열어 줄래.

이대로 잠들 수 있겠니.
춥지는 않겠니.
긴 새벽을 넘어 빛나는 호숫가로 가자.
노를 저어 호수의 중심으로 가자.
네가 없는 바로 그곳에서,
산산조각 난 얼음처럼 흩어지자.
흩어져 버리자.

여러 갈래의 목소리가 비스듬히 겹쳐진 음성이 들려왔고, 자음과 모음이 두서없이 엉켜 있는데 묘하게 낯설지가 않았다. 모르는 언어의 신비로운 아름다움. 안간힘을 써서 귀를 기울이면 겨우 몇 개의 단어를 유추해 들을 수 있었는데 그게 다였다. 무엇을 말하려고 하는지 현재의 나로서는 이해할 수 없었다. 다만 언젠가 오늘 이 순간을 그리워할 것을 알았다.

한 사람의 모든 순간은 그런 식으로 얽혀 있다. 과거로부터 미래를, 미래로부터 과거를 그리워한다. 그리워할 것을 그리워한다. 이는 시간의 정교한 설계일 것이다.

○

꿈의 모서리에 빛바랜 숫자들이 찍혀 있었다. 오래전에 현상된 필름 사진처럼. 그게 날짜와 시간이라는 건 알았지만, 숫자도 순서도 어딘가 조금 이상해서 정확히 언제인지는 알 수 없었다. 어차피 과거의 불확실한 시간 덩어리이므로 상관없었다.

　꿈에서 나는 이르쿠츠크 시내에 있는 카잔 성당에서 시계 수리공으로 일했다. 붉은 벽돌로 만든 고딕 양식의 첨탑 세 개가 솟아 있는 아담한 성당이었다. 매서운 추위를 피해 성당에 숨어든 비쩍 마른 검은 길고양이들이 계단과 난간 이곳저곳을 새처럼 건너다녔다. 꿈을 꾸는 동안에는 꿈인지 몰랐기 때문에 모든 것이 익숙하면서도 낯설었다.

　성당의 오전 예배가 있는 날이었다. 오랫동안 서로 잘 알고 지낸 듯한 신도들과 기념품을 구경하는 관광객들이 한꺼번에 웅성거렸고, 지난밤의 수리 작업으로 피로한 나는 차가운 은촛대를 들고 그들 사이를 지나쳐 지하로 내려갔다. 둥근 빛무리가 안개처럼 떠 있는 층계참을 지나 어두운 지하로 들어섰다. 벽들이 살아 있는 것처럼 일렁였다. 나는 당황하지 않고 벽과 벽 사이를 부드럽게 넘나들었다.

　지하 작업실 벽에는 온갖 고장 난 시계가 걸려 있었다. 무수히 겹쳐 들리는 시계침 소리가 이상하게 마음을 진정시켰다. 오래된 나무 스툴에 앉아 온종일 시계를 고치며 제멋대로 어긋나 버린 시간을 복원했다. 한동안 멈춰 있던 시계가 다시 째깍거리며 움직이기 시작할 때, 그 안에 봉인되어 있던 한 세계가 숨통을 트며 깨어났다. 매일 반복되어 온 일상처럼 익숙했지만, 아무리 겪어도 익숙해지지 않는 신비로운 울림이 시계들 속에 잠자고 있었다.

　연일 비슷비슷한 꿈이었다. 다른 시간 속의 나와 같은 꿈을 꾸었다.

16

○

해는 일찌감치 떨어져 캄캄했다. 일이 손에 잡히지 않아 책상을 정리하고 집으로 돌아오는 길이었다. 가까운 마트에서 저녁거리를 사 들고 걷는데, 작은 결정이 왼쪽 볼을 스쳤다. 눈인가 싶었는데 삽시간에 하얗게 불어났다. 아침 일기 예보에서 밤에 아주 많은 눈이 내릴 거라고 그랬는데 정말이구나. 고요한 폭설이 덮쳤다. 눈발이 긴 꼬리를 그리며 유성처럼 떨어졌고 금세 지면을 뒤덮었다. 사방에서 바람이 불면서 눈발이 거세졌다. 위에서 아래로 내리는 건지 아래서 위로 솟는 건지 분간되지 않게 휘몰아쳤다. 밤은 깊어 가는데 주변이 온통 하앴다. 눈과 밤의 대비가 선명하게 느껴졌다. 눈 오는 날의 기억 중에서 이만큼 많은 눈은 시베리아에서를 제외하면 없었다. 기억 속 설원의 밤하늘이 겹쳐 보였다.

집에 돌아와 저녁거리를 준비하는데 누군가 황급히 두들기기라도 하는 것처럼 온 창문이 덜컹거렸다. 쌀과 콩을 씻어 밥을 안친 뒤 잠시 테라스 쪽을 내다보았다. 발갛고 앙상한 남천 한 그루와 겨울에 접어들며 죽어 버린 화분들, 미처 안으로 들이지 못한 건조대가 새하얗게 덮여 있다. 눈발은 좀처럼 사그라들 기미가 없었다. 이대로 빙하기가 시작돼다 얼어붙어 버릴지도 몰라. 그래도 뭐 어쩔 수 없지. 그런대로 나쁘지 않겠는걸. 죽기 전에 바라보는 얼어붙은 세계는 얼마나 아름다울지. 그런데 아침마다 지저귀던 새들은 다 어디로 갔지. 눈이 이렇게나 많이 오는데.

창밖에 보이는 정부 청사 건물 주차장에서 눈 치우는 소리가 들렸다. 사람은 안 보이고 어둠 속에서 넉가래와 빗자

루 소리만 또렷이 들렸다. 눈 치우는 일 말고는 아무것도 하지 않아도 되는 세계가 된 것 같았다. 눈이 그칠 때까지 열심히 눈을 다 치우고 나면 그 즉시 사라져 버리는. 저녁을 해먹고 나서도 눈보라는 그칠 줄 몰랐고 창밖이 부옜다. 방충망의 모눈들에 눈의 결정이 촘촘히 박혔다. 반짝이는 알갱이를 가까이서 보려고 창문을 열자 밀려 들어오는 냉기에서 깨끗한 눈 냄새가 났다. 그 감각이 어떤 기억을 불러들였다.

　　○
　　방 안의 작은 어둠을 기억한다. 내가 기억하는 어둠은 다 침대 위에서 본 것이다.
　　똑바로 누워 있다. 천장의 높이는 가늠되지 않는다. 어디에나 있을 법한 사물들이 언제라도 사라질 것처럼 존재감을 지운 채 있다. 은신하는 무사의 고요한 그림자처럼. 그 자리에 있을 수도 있고 없을 수도 있는 것처럼. 어렴풋한 내 마음 같다. 어두워질수록 천장은 더 높아진다. 가늘게 새어 들어오는 마지막 빛줄기가 삼켜지면, 방 안에는 나 자신의 심연 말고는 아무것도 보이지 않는다. 눈꺼풀의 감각, 몸의 무게만큼 눌려 있는 침대의 감각, 그리고 지금의 생각만이 나의 존재를 뒷받침한다.

　　어둠과 이명은 한패이다.
　　내가 어둠을 바라볼 때 정말로 어둠은 거기에 존재할까. 어둠이라기보다는 어둠 속에 잠재한 시간을 보고 있는 게 아닐까. 갑작스러운 사고로 인해 터널 속에 고립되어 오도 가도 못하게 된 느낌이다. 입구는 이미 한참 멀어져 있어서 빛 한 점 들어오지 않고, 그렇게 있다 보면 내가 어디로부터 이곳에 왔고 그래서 이제 어디로 향하고 있는 건지 도무지 알 수 없게 되어 버린다. 마치 삶처럼. 황급히 어딘가로 향하는 맨 발걸음 소리. 어느 쪽으로 걸어도 그저 허우적거림일 뿐. 어둠 속에는 이쪽과 저쪽이 섞여 있어서 이쪽이 이쪽이 아닐 수도 있고 저쪽이 저쪽이 아닐 수도 있다. 어느 쪽도 확신할 수가 없다.

빛이 그곳에 없으므로 시간도 그곳에 없는 것이다.

두려움이 걷히면 의식은 보다 또렷해진다. 어둠은 방향을 지우고 정직한 가능성만을 남긴다. 문장 위에서는 방향을 잃어버리면 큰일이지만, 어둠 속에서는 그리 중요하지 않다. 충분히 적응하고 나면 오히려 선명해진다. 어둠끼리는 서로 연결되어 있고, 어둠의 옆구리를 통해 나는 다른 어둠으로 건너갈 수 있다. 유영하는 영혼. 페이드아웃—페이드인. 어둠은 그대로 거기에 있고 시간과 공간이 전환된다. 새로운 시퀀스로 넘어가듯이, 혹은 이미 잘 아는 어떤 시퀀스를 불러오듯이.

잔상이 그곳에 있으므로 나도 아직 그곳에 있는 것이다.

새벽녘 설원을 달리는 열차 속에서 나는 내가 어디로 향하고 있는지 알 수 없었다. 열차가 나아가는 방향은 알고 있지만, 그게 정말로 그곳을 향하고 있다고는 확신할 수 없었다. 행선지는 알고 있지만, 그곳이 정말로 거기에 존재한다고는 확신할 수 없었다. 이대로 계속 나아가다 보면 언젠가는 그곳에 도착한다고도 확신할 수 없었다. 나 자신이 이 순간 이동하고 있다는 사실조차도. 출발하기 전에는 알고 있던 것 같은데 가는 도중에는 어째서인지 아무것도 알 수 없게 되어 버린다. 기억은 새벽녘 열차처럼 덜컹거린다. 모든 방 안의 어둠끼리는 서로 연결되어 있다. 사람의 어둠끼리도.

　침묵은……
어둠의 소실점이다.

　처음과 끝은 하나로 이어져 있으므로 어느 쪽이든 처음일 수도 끝일 수도 있었다. 그때 나는 열차 바깥의 세계를 믿을 수 없었다. 가능성 말고는 다 지워져 있었기 때문이다. 나라는 잔상이 세계와 격리된 채 어딘가로 이동하는 중일 뿐이었다. 은빛 어둠 속에 설원의 시퀀스가 존재했고, 거기서 시간과 공간의 방향은 아무런 의미가 없었다. 생각을 비우고 색을 읽거나 차창에 비친 내 얼굴을 멍하니 바라보는 것이 전부였다. 그게 다 이미 예정된 일인지도 몰랐다. 무의식 중에 이미 예정된 나 자신을 수행하고 있는 것이다. 그때의 나와 오늘의 내가 이렇게 서로를 들여다보고 있는 것이다.

　시간의 방향이 무의미하다면, 양방향의 거울 같은 거라면.
　과거에 예정된 시퀀스. 과거라는 시제와 예정이라는 단어가 서로 충돌하지만, 시간에 방향이 없다면 그것은 성립한다. 그저 하나의 사건으로서. 옛날의 그림자가 지금의 그림자와 다르지 않은 것처럼. 대칭은 자발적으로 깨진다. 옛 날과 지금 없이 세계를 바라볼 때, 어둠 속의 나는 시간의 그 림자와 같아서 마음먹은 대로 어디에나 존재할 수 있다. 방 안의 조명을 끄면 열차 속에 누워 있는 나에게로 진입할 수 있다. 무수한 어둠 속을 동시에 유영하는 영혼들의 옆구리 와 무수한 시제 속의 평행한 내기 하나로 꿰어져 있다.

137억 년 전 우주가 태어났다. 물질과 에너지가 생겨났고 비로소 시간과 공간이 존재했다. 처음이 있으니 끝이 있다. 끝은 처음의 반대편에 있는데 우리가 아직 끝을 보지 못했 을 뿐이다. 끝에서 물질과 에너지, 시간과 공간은 사라질까. 세계가 완전한 대칭이고 끝이 처음으로 수렴한다면 그곳은 다시 또 어둠일까. 태초의 빛이 어둠에 이르기 위해 시작되 었다면. 우주의 엔트로피는 지금 이 순간에도 절대 영도를 향해 달려가고 있다. 인과론적으로 사고하는 우리는 시간 에 순서와 방향이 있다고 믿지만, 비선형의 시간을 이해할 수 없다고 해서 그걸 부정할 수 있는 것은 아니다. 한 해가 끝나고 다음 해가 시작될 때, 한 해가 다 갔네, 새해는 또 어 떠려나, 새 달력을 뜯으면서 하는 말들이 한 해의 처음과 끝 을 무한히 연결한다. 순서와 방향이 있다고 믿기 때문에 시 간 축을 벗어날 수 없게 된다. 만약 세계가 오직 어둠뿐이라 면, 그래서 아무것도 제대로 보고 느낄 수 없다면, 그래도 우 리는 지금과 똑같이 믿을 수 있을까. 끝없는 심연 속에서 시 간은 지금과 같을 수 있을까.

미래는 영원히 현재와 만나지 못한다.[1]

인간은 어느 한 방향의 순진한 관측자일 뿐이다. 믿을 수 있는 시공간보다 믿을 수 없는 시공간이 훨씬 더 크다. 인과율은 하나의 약속이다. 과거와 현재, 미래를 구분 짓는 것이 실은 다 허상인지도 모른다. 그렇게 믿도록 계획된 환상이다…… 하고 믿으면 비로소 남는 것은 "작은 눈 결정이 왼쪽 볼을 스친다."와 같은 현재의 감각뿐이다. 이미 지나가 버린, 그러나 분명히 거기에 있는. 대칭은 자발적으로 깨진다.

이 책은 성곽을 벗어나려는 시도에 관한 이야기이다. 소설 속 문장을 쓸 때처럼 세계 바깥의 관측자가 되어 보는 감각이다.

○

내가 과거에 대해 생각할 때 과거는 사람의 모습으로 생겨난다. 시간 속 어딘가에 위치한 나 자신의 얼굴을 뒤집어쓰고서. 가짜 거울을 들여다보는 것처럼, 현재의 나와는 어딘가 미묘하게 다른 모습으로.

흰 식탁보가 덮인 수수한 테이블 하나를 사이에 두고 우리는 마주 앉는다. 초점이 잘 맺히지 않는 어둡고 희미한 색채의 들판이 배경을 채우고, 건조한 바람에 스치는 들풀 소리가 이따금 귓가를 간지럽힌다. 둘의 공기는 묘하게 닮아 있다. 아무 내색 않으려고 똑바로 그를 마주 보지만, 그는 내가 왜 이런 얼빠진 표정을 짓는지 다 안다는 듯이 의미심장한 미소를 지어 보인다. 귓불과 무릎이 바르르 떨린다. 테이블 위에는 커피 두 잔이 놓여 있고 잔에 손을 대지 않아도 온기가 느껴지는데 커피 향은 맡아지지 않는다.

우리는 한참이나 질리지 않는 대화를 주고받는다.

어느 쪽에도 속하지 않는 나에 관해서……

우리는 한날한시 한곳에 고정되어 있지 않고 시간과 공간을 자유롭게 옮겨 다닌다. 앉아 있는 배경만 부드럽게 전환된다. 똑같은 수수한 테이블이 계속해서 둘 사이에 놓여 있다. 여전히 따듯한 커피는 마셔도 마셔도 줄어들지 않는다. 커피 잔 속에는 시간이 흐르지 않는 것처럼. 모든 커피 잔이 단 하나의 커피 잔인 것처럼. 그가 나도 미처 알지 못하는 나에 관해서 이야기를 시작하면 나는 의자를 바싹 당겨 귀를 기울인다. 어떤 것은 받아 적는다. 농담을 주고받거나 너스레를 떨기도 한다. 대화는 좀처럼 끝날 기미가 보이질 않고…… 그가 미래의 나에 관해서 이야기하기 시작하면 그제야 나는 슬슬 의심에 휩싸이기 시작한다.

그는 정말로 나일까?

그도 마찬가지로 나를 의심하고 있을까?

어디선가 나무들이 삐걱거렸다. 햇빛에 바싹 말린 이불 냄새가 났다.

그가 말하는 과거는 내가 아는 과거와 미묘한 차이가 있다. 원본을 조금 다듬어 각색한 것처럼 꽤 흥미롭게, 자연스럽게, 위화감이 들지 않을 정도로 적당히, 분명한 사실들 속에 새로운 뉘앙스와 익숙한 제스처를 띄엄띄엄 배치하면서 의심의 눈초리를 피해 간다. 시간의 그물에 걸러진 순수한 과거인 것처럼. 나는 이를 눈치채지만 그는 내가 그러거나 말거나 전혀 신경 쓰지 않는 듯하다. 하나의 가설을 세워 본다. 혹시 시간 여행자가 아닐까? 나의 과거, 다시 말해 나 자신을 이루는 기억들이 눈앞에 형상화된 것이 아니라, 단지 그는 시간 여행 중인 언젠가의 나인 것이다. 평행 우주를 평행하게 살아가고 있었을 우리가 알 수 없는 연유로 지금 이렇게 마주하게 된 것이다.

그의 눈빛이 찰나에 떨린다. 몇 번의 헛기침으로 목소리를 가다듬더니 조심스레 새로운 이야기를 꺼낸다.

실은 다 알고 있었어. 네가 누군지, 내가 누군지…… 너는 몰랐겠지만, 우리는 네가 다섯 살일 때 처음 만났어. 너는 수줍음 많은 어린아이였지. 빌라 앞 골목에서 타고 다니던 바퀴 달린 말 모양 장난감을 기억해? 초여름에 접어들 무렵이었어. 어느 날인가 너는 반나절 동안 네가 살던 동네에서 잠시 사라졌지. 속옷 바람으로 세발자전거를 끌고 나간 채 말이야. 너의 어머니는 네가 사라진 걸 알고 혼비백산해 맨발로 온 동네를 뛰어다녔어. 구석구석을 뒤져도 너는 나타나지 않았어. 흔적조차 보이질 않았지. 겨우 다섯 살밖에 되지 않은 아이가 세발자전거 하나를 끌고 어딜 간 걸까? 동네의 누구도 너를 본 사람이 없었어. 해 질 녘에 너는 꽤 태연한 얼굴로 집 앞 골목에 나타났어. 눈물범벅일 줄 알았는데 말이야. 그제야 마음을 놓은 어른들이 아무리 채근해 봐도 너는 우물쭈물할 뿐이었지. 그럴 수밖에 없었을 거야. 너에겐 그날의 기억이 하나도 없거든. 말도 제대로 할 줄 모르고 길도 잘 모르는 아이가 코빼기도 보이지 않을 만큼 멀리까지 세발자전거를 타고 다녀왔다는 건데 어떻게 그런 일이 있을 수 있을까? 어딜 다녀왔고 누굴 만났으며 무슨 일을 겪고 온 걸까? 영원히 알 수 없을 거야. 영원히 알 수 없는 진실이라면 그건 도대체 무엇일까? 만약 시간을 되감을 수 있다면 너는 그날의 어린아이를 조용히 따라가 무슨 일이 있었는지 직접 보고 올 수도 있겠지. 하지만 그럴 필요는 없어. 바로 그날 우리는 만났어. 지금처럼. 거울 앞에 선 다섯 살 아이의 모습으로 서로를 마주 보았지. 그때부터야. 나는 다 알고 있었어. 진작 알 수 있었어. 세발자전거를 탄 너도, 새벽녘 설원을 달리는 열차 안의 너도, 지금 여기 나와 마주한 어느 시간 속의 너도. 너는 내가 너의 과거라고 믿고 있겠지만, 나에겐 반대로 네가 나의 일부일 뿐이야. 그것도 아주 미약한. 진실은 시간과 공간에 단단히 묶여 있고 누군가가 그것을 찾아 헤맬수록 제 모습을 감추려 들지. 그날 그곳에 진실은 분명히 존재했을 거야. 시간과 공간에 얽힌 채로. 확신해. 일일이 파헤칠 수 없을 뿐이야. 다만 나는 다 알고 있었어. 네가 곧 나이기 때문에. 그 이상은 시간 바깥 영역의 일이야. 더는 말할 수 없어. 말할 수 없다기보다는 이미 폐허가 되었기 때문에 그것을 증명하는 일이 언어적으로 가능하지 않다는 뜻이야. 리터럴리. 그 대신 또 한 사람을 소개해 줄게.

이야기를 마치자마자 의자가 하나 더 생겨났다. 세 번째

의자에 앉아 있는 사람은 바로 나였는데, 제대로 확인하지 않고도 그게 나라는 걸 직감적으로 알 수 있었다. 구체적으로 설명할 수 없는 외관상 차이가 조금 있을 뿐 그는 분명 미래의 나였다. 정확한 시점이 언제인지 나로서는 알 수 없었지만, 언젠가 한두 번 상상해 본 적이 있는 그리 멀지 않은 미래를 살고 있을 나라는 걸 알 수 있었다. 아니, 이미 알고 있었다. 셋이 된 우리는 한 테이블에 동일한 간격을 두고 둘러앉았다. 영화적인 균형과 음악적인 침묵이 우리들에겐 중요해 보였다. 어느샌가 식지 않는 커피가 한 잔이 더 놓여 세 잔이 되어 있었다. 둘은 나를 보고 있었다. 나는 둘 중 어느 쪽도 똑바로 바라볼 수 없었다. 테이블 위로 시선들이 둥둥 떠다니는 것 같았다. 아무 말도 할 수 없었다. 문득 셋의 얼굴은 다섯 살 아이의 그것으로 바뀌어 있었다. 표정만 미묘하게 달랐다. 온화하고, 태연하고, 조금 짓궂어 보이는.

이제 내가 과거를 떠올리기 시작하면 세 아이가 말없이 한 테이블에 둘러앉는다. 세 개의 시선과 세 잔의 커피, 하나의 진실과 하나의 장면으로. 시간과 공간에 얽힌 채로.

○

당신과 나의 동시적인 이 순간. 시간의 바깥에서 공명하는 우리를 관통하는 투명한 그물. 이른 아침 평화로운 새소리처럼 수런거리는 흔적들이 곁에 남아 있다. 우리라고 확신하는 순간, 언젠가 서로를 떠날 수밖에 없을지도 모른다는 가냘픈 예감 또한.

○

　겨울 아침을 산책하듯이 시제라는 단어의 주위를 맴돌았다. 무한히 안쪽으로 휘어져 들어가는 흰 벽을 따라 모퉁이를 돌았다. 돌고 또 돌아도 결코 제자리로 돌아갈 수 없는 걸음이 계속 이어졌다. 무의식의 산책 속에서 무언가가 반짝였다.

　잠시라도 현재의 나를 벗어날 수 있는, 굳어진 현재로부터 이탈하는, 시제를 잃어버린^{tenseless} 문장을 쓰고 싶었는데…… 손바닥만 한 노트를 펼치는 순간 이미 머릿속이 새하얗다. 의식의 늪 깊은 곳에서 올라오지 못하는 무언가가 꿈틀거릴 뿐. 그것은 아마 보일 듯 말 듯 한 어둠 속에서 팡 하고 터지는 플래시였을 것이다. 격리된 감정들의.

　순간적으로 나를 관통해 지나가는 감정을 겨우 낚아채고 보면, 중요한 내용은 다 날아가 버리고 없다. 거기에는 빛바랜 단어 몇 개만이 방금 막 떨어진 낙엽처럼 나뒹군다. 부스러기들이 부스럭거린다. 한 단어가 지닌 뉘앙스(한 단어를 곱씹고 음미할 때마다 펼쳐지는 여러 가지 시간적이고 공간적인 이미지들)를 자세히 살피다 보면 다시 곁가지 단어들이 고개를 내민다. 곁가지는 새 원가지가 되기도 한다. 익숙한 것, 친밀한 것, 곁에 두고 싶은 것, 낯선 것, 완전히 생소한 것, 왠지 모르게 낯선 것, 익숙하다고 생각했지만 실은 낯선 것, 항상 애착이 가는 것, 섭섭한 것, 꺼림칙한 것, 끔찍한 것 등으로 분류해 본다. 단어들은 앞뒤로 연결되거나 다른 것으로 대체되거나 아예 삭제된다. 일부는 언제일지 모를 나중을 위해 보관된다. 이것은 글쓰기라기보다는 수집, 분류,

선별을 반복하는 단순 작업에 가깝다. 일종의 트레이닝 같기도 하다.

단어에는 표면적인 의미와 드러나지 않은 잠재적인 의미가 공존하고 잠재적인 그것들이 뒤섞여 고유한 뉘앙스를 제공하는데, 드러나지 않은 의미는 단어를 쓰는 주체가 누구인지에 따라 달라진다. 나는 언제나 보이지 않는 것, 선명하지 않은 것, 의뭉스러운 것, 시각에 속하는 것이 지닌 복잡성에 좀 더 마음이 쓰인다. "보이지 않는 것"이란 말 그대로 눈에 보이지 않는 것을 의미하지만, 보다 정확하게 말하려면 "아직 드러나지 않은 것"이라고 해야 할 것이다. 보이는 것 너머에는 반드시 아직 드러나지 않은 부분이 존재한다. 사물의 면면은 한눈에 파악될 수 없다. 시간적으로 공간적으로도 그렇다. 지금 보고 있는 대상은 언제나 그것의 전부가 아니다. 보이는 것은 일부일 뿐이고 그건 시간 축으로 잘라낸 단면, 혹은 일시 정지 된 낱장의 포트레이트와 같다. 이미 드러난 부분일 뿐이고, 보았기 때문에 거기에 있는 것이나. 여러 갈래 중에서 확정된 하나의 가능성. 나머지 다른 가능성들은 산발적으로 떠다닌다.

산책을 마치고 돌아와 긴 생각에 잠긴다. 거실의 전신 거울 속에서 나 자신의 드러난 현재를 마주한다. 거기에는 가늠할 수 없는 과거와 미래, 무수한 가능성들이 잠재되어 있다. 하지만 신은 과거 없이 존재한다.[2] 과거나 미래 없이 존재할 수 있는 것은 오직 신뿐이다.

○

우리가 바라보는 별의 아름다움은 이미 수억 광년 전에 출발한 빛의 것이다.

빛⋯⋯⋯⋯⋯시간⋯⋯⋯⋯⋯빛.

가장 직선적인 침묵.

끝없는 잔영.

영원에 가까운 폭죽놀이.

시간적으로 완전히 어긋난 스포트라이트.

별들은 지금도 같은 자리에서 빛나고 있고, 우리는 오늘도 내일도 별들의 옛날을 만난다.

별들은 언제나 우리의 미래를 향해 출발한다.

○

어둠은 곳곳에 도사리고 삶은 어둠의 총량과는 무관하다. 가을이었다. 나는 잔뜩 웅크린 채로 새 겨울을 기다렸다. 새벽도 아침도 아닌 모호한 시간 속에서, 하나둘 떠오르는 빛줄기를 아무렇게나 받아 적으면서. 어쨌든 그만두지 않고 끄적이다 보면 조금씩이나마 밝아짐을 느꼈다. 문장보다는 하나하나의 단어를, 사실이나 감상보다는, 딱히 연관성 없어 보이는 자질구레한 이미지 조각들을 패치워크하듯이. 나중에 그 안에 감정을 불어넣었다. 그리고 그것은 맨손으로 빚은 지점토처럼 어떤 형태를 갖추기 시작했다. 모양과 질감이 자연히 생겨났다. 일단 마침표를 찍고 나면 어떻게든 문장이 되었는데 막상 써 놓고 보니 마음에 드는 건 하나도 없었다. 최악이라고는 할 수 없지만, 분명 무언가가 결여되어 있었다. 글에서 자꾸만 하나의 추상을 좇기만 하다가 내가 자초한 일인지도 몰랐다. 그렇다고 해서 그냥 다 내다 버릴 수는 없었다. 잘 모아 놓으면 나름의 이미지를 만들어 낼 것 같았다. 수년 전 원고에 관한 이야기이다.

어둠이 한없이 불어났던 그해 가을을 지나 밝은 겨울로 넘어갈 때쯤 그것을 한데 엮어 버렸다. 얼어붙기 직전의 차가운 강물 같은 문장들을 품에 안고서, 얼지 않도록 쓰다듬으며 매듭을 지어 버렸다. 부지런히 원고를 다듬고 정리하는 동안 일부러 음악을 듣지 않았다. 음악적인 감상이 문장들의 결속을 방해하는 것 같았기 때문이다. 책을 만드는 동안 나는 왠지 미아가 된 것 같은 기분이 들었다. 동시에 시간이라는 관념에 부지런히 몰두했다. 카레고리에 관계없이 시간이라는 주제를 다룬 책이라면 닥치는 대로 찾아 읽었다. 그 과정에서 내가 자연적으로 인식하고 있는 과거—현재—미래 시제에 관한 감각이 조금 혼란스러웠다. 칸트는 시간이란 세계를 선험석으로 받아들이는 관념의 틀 같은 거라고 했고, 아인슈타인은 시간의 흐름이 그저 환각일 뿐이라고 했다. 어제를 떠올리는 것도 오늘을 바라보는 것도 내일을 상상하는 것도 낯설게 느껴졌다. 다 무슨 소용인가 싶기도 했다. 알맹이를 잃어버린 껍질처럼 바스러질 것도 같았다.

어떤 날에는 문장에서 시제를 다 지워 버렸다. 그랬더니 문장은 뜻밖의 안정감을 얻은 것처럼 읽혔고, 나는 그로부터 건조한 시간의 질감을 느꼈다. 문장들은 의미를 잃지 않았고 줄타기하듯이 스스로 균형을 잡았다. 허공의 각인처럼 꽤 영원해 보였다. 현재형도 과거형도 미래형도 아닌 문장들을 나는 가끔 소리 내어 읽어 보기도 했다.(어떤 문장들은 글자일 때와 음성일 때 전혀 다른 문장이 되기도 한다.) 글자 하나하나를 정성껏 발음하면서, 그럴 때마다 사라지는 감각들을 외면하면서, 더운물을 받아 둔 깨끗한 욕조에 몸을 담그는 마음으로.

○

현재의 나는 과거의 나에게 예견된 일종의 데자뷔일 뿐, 그 이상도 그 이하도 아니다.

○

겨울로 접어들며 기묘한 예감이 불쑥 피어났다. 떠나야 해, 어디론가. 어디인지는 중요하지 않아. 단지 떠나야만 해. 떠나고 나면 알 수 있을 거야.

불쑥 찾아온 충동이 오래전에 내려진 계시인 것처럼 나를 매혹해 왔다. 충동의 순간들은 대개 본래 나 자신이 내딛을 수 있는 수준보다 훨씬 넓은 보폭으로 삶을 이끌어 준다. 어디에 묶여 있는지 모를 시간의 끈이 현재의 나를 강하게 끌어당겼다. 이미 결정된 타임라인이 있기라도 한 것처럼, 가까운 미래에 내가 당도해 있을 임의의 공간을, 그곳에 머무르고 있을 나 자신을 어렴풋이 상상할 수 있었다. 막연하지만 믿어졌다. 어떤 시공간이 틀림없이 존재하는데, 현재에 있는 내가 아직 영문을 모르고 있을 뿐이다. 떠나야 한다. 그래야만 만날 수 있다.

어디일까? 노트북으로 구글 맵을 띄웠다. 지도를 살펴보다 보면 찾아질 것 같았다. 모르는데 알 것 같았다. 도시인지 시골인지, 유럽인지 남미인지, 대륙인지 섬인지, 구체적인 정보는 중요하지 않았다. 얼마나 멀리 떨어져 있는가, 얼마나 가 보고 싶은 곳인가, 얼마나 맛있는 식당이 있는가, 얼마나 멋진 갤러리가 있는가, 어떤 사람들이 어떤 문화를 형성하고 있는가보다는, 얼마나 나를 강하게 끌어당기는가가 유일한 기준이라고 할 수 있었다. 한눈에 들어오는 세계 지도를 보고 있으면 당장이라도 어디로든 떠날 수 있을 것만 같은 기분이 든다. 지구 바깥으로 갈 순 없으니 내가 검토해야 할 장소는 모두 지도 위에 있었다. 신이 지구본으로 세상을 살피듯이 마음껏 국경을 넘나들었다. 육지보다는 물이 있는 쪽으로 시선이 갔다. 그중에서도 바다가 아닌 호수들. 대충 봐도 한반도보다 면적이 넓을 것 같은 호수가 하나 있었다. 바이칼. 부드럽게 입을 떼서 거친 소리로 끝맺는 발음이 마음에 들었다. 언젠가 책에서 본 기억이 있었다. 드넓은 시베리아 대륙 한가운데에 위치한 호수의 윤곽을 손끝으로 훑으며 단숨에 결정해 버렸다. 떠나야 할 곳이 어디인지 마침내 깨달은 것이다. 일단 마음을 먹었다면 가능한 한 서둘러 실행에 옮기기로 한다. 앞뒤 가리지 않고 일단 떠나 버리는 편이 떠나지 않는 편보다 훨씬 낫다는 것이 나의 지론이다. 여건이 허락되지 않는 경우가 많아 매번 그렇게 할 수는 없었지만 말이다. 떠나고 싶다는 욕망은 대체로 맥락 없이 찾아오는데, 맥락 없는 욕망이야말로 가장 순수하다. 반복되는 일상은 비좁은 늪과 같아서 떠나고 싶을 때 바로 떠나지 않으면 결국 또 다음으로 미루고 말 것을 경험으로 잘 안다. 역설적으로 그래서 더 쉽게 단념하게 되는 것 같기도 하고. 만약 단 한 번이라도 다 집어던지고 충동적으로 떠날 수 있다면 그걸로 충분할지도 모른다.

　출발 시기는 쉽게 정할 수 있었다. 추운 지방이니 기왕이면 가장 추울 때 다녀오자. 바이칼 호수 일대의 기온이 가장 낮게 떨어지는 때는 1월이었다. 호수 전체가 꽁꽁 얼어붙는다고 했다. 정확히 한 달 뒤인 1월 7일 새벽에 출발하는 이르쿠츠크행 항공권을 예약했다. 인천공항에서 직항으로 갈 수 있고 그렇게 멀지도 않았다. 러시아의 지명은 모스크바, 블라디보스토크, 상트페테르부르크 정도만 겨우 알았으니 이르쿠츠크는 아예 처음 듣는 곳이었다. 이르쿠츠크는 바이칼 호수를 가려면 반드시 머물러야 하는 도시인데 마침 시베리아 횡단 열차가 지나는 경로에 속했다. 러시아 땅을 횡으로 가로지르는 시베리아 철도의 가운데쯤에 위치했다. 철로를 따라 서쪽으로 가면 그 끝은 러시아의 수도 모스크바다. 바이칼 호수를 다녀와 이르쿠츠크에서 하룻밤을 묵고 다음 날 바로 모스크바행 횡단 열차를 탈 것이다. 그리고 모스크바에서 서울로 돌아오는 비행기를 탈 것이다. 이르쿠츠크에서 모스크바까지는 굉장히 먼 거리지만 그 아득한 거리감에 오히려 가슴이 두근거렸다. 이르쿠츠크발 모스크바행 열차표와 모스크바에서 서울로 돌아오는 항공권까지 단번에 예약해 버렸고 구체적인 일정은 고려하지 않았다. 마음이 끌리는 쪽으로 핀을 찍고 이동 수단을 예약하면 되니까.

　나머지는 중요하지 않다. 낯선 땅에 발을 딛고 나면 이후의 일들은 어떻게든 흘러간다. 순간순간의 선택에 흘러가는 대로 몸을 맡기는 편이 좋다. 내 여행은 대부분 그러했다. 이동하는 과정 자체가 여정을 주도하는 여행.

　겨울의 문턱으로 한 발짝 들어서고 있음을 느낀다. 무의미와 영원성이 서로 양면을 이루고 있다는 것을 확인하고 싶었다. 그러기 위해서는 일시적인 단절이 필요했다. 현재라는 감각과 잠시 멀어질 필요가 있었다. 평소에도 타인과의 긴밀한 연결을 추구하며 살진 않지만 떠나지 않는 것, 즉 머물러 있는 것은 언제든지 누군가와 연결될 준비가 된 상태라고 할 수 있으므로. 일상의 구속으로부터 벗어나 있고 싶었다. 순수한 의지를 따라 궤도를 이탈하고 싶었다. 아무도 나를 알아보지 못하는 곳에서, 선을 넘거나 말을 걸지 않는 곳에서, 타인의 주변을 안개처럼 맴도는 심드렁한 관찰자가 되고 싶었다.

　○

　러시아 철도청의 웹사이트를 띄우면 설원의 자작나무 숲을 배경으로 철로를 달리는 열차의 이미지가 먼저 눈에 들어온다. 분명히 존재하지만 어딘가 부자연스러운. 허공에 붕 떠 있는 열차는 언제라도 화면의 왼쪽을 뚫고 나아갈 것처럼 보인다. 열차는 오른쪽에서 왼쪽을 향하고 원근감 때문에 오른쪽으로 갈수록 뒤로 멀어지며 작아진다. 오른쪽 끝에서 사진은 잘려 있지만, 맨 마지막 칸의 꼬리가 화면을 뚫고 멀리 뻗어 나가고 있을 것만 같다. 머리는 매끈하고 날렵하다. 어떤 소실점을 향해 빨려 들어가는 듯한 형태를 취하고 있다. 몸통은 같은 크기로 분절돼 줄줄이 이어진다. 레일 위로는 거친 눈발이 흩날린다. 꽤 빠른 속도로 이동 중일 텐데 순간을 예리하게 잘라 낸 것처럼 정지해 있다. 과거의 한 순간에 갇혀 있는 동시에 영원히 어딘가를 향하고 있다. 지나간 것은 거기에 멈춰 있거나 흩어지고 있거나 둘 중 하나라고 생각했는데, 사진 속의 열차는 어느 쪽에도 해당되지 않는다.

예약 페이지로 넘어가서 이르쿠츠크발—모스크바행 열차를 선택한다. 탑승 날짜와 왕복 여부를 입력한다. 날짜는 정확히 한 달 뒤. 왕복이 아니어도 좋다. 있던 곳으로 돌아가는 여정도 결국 또 하나의 편도이고, 왕복이란 가서 돌아오는 여정이 아니라 두 번의 편도로 나아가는 것이다. 내가 떠나온 곳은 떠났을 때와 달라져 있을 테고 갔던 길을 돌아올 때도 예전의 그 길이 아닐 테니까. 편도 옵션을 선택하면 예매 가능한 열차가 화면에 표시된다. 모든 열차에는 001, 069, 099와 같은 세 자리 숫자가 붙어 있는데 숫자가 낮을수록 비교적 비싸고 쾌적한 신식 열차를 뜻한다. 한밤중에 출발하는 열차가 조금 더 끌렸지만, 적당한 오후 시간대에 출발하는 069호 열차를 골랐다.

좌석은 세 등급으로 나뉘어 있다. 객차 내부를 찍은 사진을 검색해 보니 세 개의 이층 침대가 복도식으로 자리 잡고 있는 3등석, 마주 보는 두 개의 이층 침대로 네 명이 한 객실에 함께 머무르는 2등석이 있다. 1등석은 너무 비싸서 고려하지 않는다. 백 시간 가까이 열차에서 지낼 것을 생각하면 객실보다는 복도가 덜 지루할 것 같아 3등석을 택한다. 그 외 여러 가지 옵션 중에서 반려동물이 함께 탑승할 수 있는 칸을 고르고, 용건이 있을 때마다 오르락내리락해야 하는 위층 침대는 번거로울 것 같아 아래층 침대를 고른다. 복도 측과 나란하고 화장실에 가까울수록, 그리고 아래층보다는 위층 침대가 가격 면에서 조금 더 저렴하지만, 예약 현황을 보니 아래층 침대를 선호하는 사람이 더 많다. 일련의 옵션을 선택한 다음 결제를 마치자 예약이 확정된다.

지금부터 한 달 뒤 해가 지기 시작하는 늦은 오후 이르쿠츠크역에서 나는 069호 열차에 올라타고 있을 것이다. 들뜬 기분으로 두리번거리며 내 자리를 찾고, 짐을 내려놓은 다음, 사진 속에서 본 간이 침대에 걸터앉아, 흩날리는 눈발 너머로 설원의 겨울을 바라보고 있을 것이다. 얼어붙은 시간 위를 미끄러져 가고 있을 것이다. 어둠이 고어 있는 창문 속에 비친, 멍하니 턱을 괴고 있는 그날의 나를 본다.

○
웹 페이지 오류
시간이 너무 먼 과거로 설정되어 있습니다.
시간 서버와 동기화하십시오.

시간과 날짜 업데이트

시계가 2019 – 01 – 07 – 월, 오전 4:24에 동기화되었습니다.

○

모든 여정의 시작은 하나의 문장이다. 문장은 시간을 무대 위로 불러들인다. 부드럽게 움직이는 열 손가락이 장면과 사물을 소환해 움직인다.

시간 속으로

○

섬광처럼 나타나 순간의 발끝을 적시는, 어렴풋하면서도 여전히 찬란한 그때의 느낌들. 간결하지만 풍요로웠던 여정 속의 단어들을 나열해 본다. 한 걸음 한 걸음, 한 단어 한 단어 차례로 되짚어 간다. 느낌의 실타래를 따라서.

덩어리진 시간은 한 벌의 스웨터 같다.

○

서쪽으로 이동移動하고 있다. '여행하고 있다'라고 쓰는 것이 일반적이겠지만, 지금의 나에겐 '이동하고 있다'라는 표현이 좀 더 적절하다. 이곳에 오기 전까지는 이동하는 일에 대해 특별히 다르게 생각해 본 적이 없다. 이동이란 그저 어디론가 출발해서 도착하기까지 시간이 걸리는 일이었다. 지금은 하루의 대부분을 오직 이동하기 위해서 보낸다. 이곳에서 그곳으로, 그곳에서 또 다른 곳으로. 일정 시간이 지나고 나면 그곳이 이곳이 되는 일의 반복. 나는 거의 가만히 있고, 비행기나 열차나 자동차가 움직이는 것이지만 말이다. 이곳이 어디인지, 그리고 지금 향하는 곳이 어디인지는 이 여정에서 별로 중요하지 않다. 정말로 이동하기 위해서 이동하고 있을 뿐이니까. 조금 더 정확히 말하자면, 내가 이 여정을 선택한 이유는 이동하는 시간 자체에 속해 있기 위해서이다. 가능한 한 멈춰 있지 않기 위해서. 끊임없이 나 자신을 앞으로 던져 나가기 위해서. 순수한 기투를 실감하기 위해서.

한동안 멀리로 떠나고 싶었는데 과연 왜 떠나야 하는지,

떠난다면 무엇 때문에 떠나야 하는지 알 수 없었다. 그럴 만한 여유가 없기도 했고 돌이켜 보면 딱히 가고 싶은 곳도 없었다. 이번에는 뭔가 다르다. 꼭 떠나야만 했다. 시간이 그렇게 나를 떠밀었고 나는 이곳에 왔다. 대도시도 휴양지도 아닌 이 거칠고 황량한 땅으로. 겨울이라는 관념 속으로. 누구나 동등하게 보잘것없는, 단지 한 인간일 수밖에 없는 대자연의 겨울 앞에 서고 싶었다. 항공권과 열차표, 숙박 비용을 단번에 치르고 나서는 하루속히 떠나고 싶어 몸이 근질거렸다. 떠날 때부터 다시 돌아올 때까지 끊임없이 어디론가 이동해야 한다는 사실 자체가 나를 들뜨게 했다. 미래와 나 사이의 무언가가 꿈틀거렸다. 기다리는 동안 나는 이미 상상 속 설원을 헤매고 있었다.

'이동하다'라는 동사는 출발지와 도착지를 필요로 하지 않는다. 언뜻 타동사처럼 보이지만 실은 객체나 보완이 필요 없는 자동사로 쓰인다. 이곳('이곳'이라고 말하는 순간 우리는 이미 '이곳'을 벗어나 있다. 깨닫는 즉시 '이곳'은 '그곳'이 된다.)에 있는 동안 나는 나 자신을 여행자라고 생각하지 않기로 한다. 오직 이동하는 인간으로서. 호모 파베르니 호모 루덴스니 하는 인간의 본질을 탐구하는 용어들과 비슷한 다른 것을 찾아보려 했는데 잘 모르겠다. 이곳에서 나는 그저 '이동하는 인간'일 뿐이다. 그렇게 생각하면 어느 때보다도 발걸음이 가벼워진다. 마음이 유연해진다. 목적지는 있을 수 있지만 목적 자체는 없어도 좋다. 오히려 없어야만 했다. 횡단 열차를 타고 모스크바로 향할 것이지만 도착하게 될 그곳이 반드시 모스크바가 아니라도 좋다. 몰랐다면 더 좋았을 것이다. 내가 추구하는 이동이란 그런 것이다. 이동함으로써 어디로든 도착할 테지만 그게 어디가 될지는 상관없어지는 것. 그런 마음가짐. 발 가는 대로 움직일 수 있는 유연함을 지닌 채 효율에 대해서는 크게 고려하고 싶지 않다. 얼마나 빨리 혹은 천천히 나아갈 수 있는지, 얼마나 편하게 혹은 불편하게 움직일 수 있는지에 대한 고민을 가능한 한 배제하고 싶었다.

가만히 있는 동시에 열차가 향하는 곳으로 실려 이동 중인 바로 지금, 이동하는 매 순간에 밀착해 있는 여정. 그것만을 오롯이 남겨 보고자 한다.

목적 없는 이동은 내가 속해 있는 시간을, 평소에는 숨 쉴 틈 없이 조밀한 순간들 사이의 간격을 여유롭고 자유롭게 늘어뜨리는 일이다. 이동하는 내내 그 시간을 향유하는 일이다. 이따금 코를 킁킁거린다. 열차 안으로 가득 퍼지는 시간의 향기를 맡고 싶어서. 어디론가 이동하고 있을 때 나라는 존재의 시간 프레임은 촘촘히 분절되고, 잔뜩 늘어져 버린 테이프처럼 평소와는 다른 시간 감각을 경험하게 된다. 조금도 공허하지 않다. 단 한 순간도 가볍게 증발되지 않는다. 나 자신과 가장 가까운 내가 된다. 똑바로 지금을 마주하게 된다. 어떤 외부 영향에도 구애받지 않고 현재를 유영할 수 있게 된다.

시간은 거의 진실로 믿어지는 루머처럼 만연해 있다. 어리석은 질문일지도 모르지만, 시간이란 정말로 우리가 믿고 있는 개념인지, 시간을 뭐라고 정의할 수 있는지, 어느 누구도 쉽게 대답하지 못한다. 감각하고 표현할 뿐이다.

그렇다면 시간은 어디에 있나.
있다고 말할 수 있나.
시간은 보이지 않는 세계 저편에서 작동한다.
……라고 무성의하게 중얼거린다.
시간을 나는 모른다.
모른다는 사실이 너무나도 명징해서 아득해진다.

　모두가 시간의 존속을 위한 연극 속에 살고 있지만, 우리는 시간의 정체에 대해 여전히 아무것도 모른다. 시간이라고 믿는 어떤 것이 결코 시간의 본질은 아닐 거라는 추측을 조심스레 꺼낼 뿐이다. 세계는 온통 추측과 오해로 이루어져 있고 여기 어떻게든 수긍하며 살아간다. 태어날 때부터 시간에 속박되어 있지만, 시간의 본질은 우리의 인식과 동떨어져 있다. 그러니 어떤 것도, 심지어 안다고 확신하는 것들에 대해서도 감히 안다고 말할 수가 없다. 모른다고 선언함으로써 그저 삶이라는 순간순간을 살아 내는 일에 묵묵히 동조할 수 있을 뿐이다.
　잘 모르기에 가능한 아름다운 믿음과 행위가 있다.

　몇 개의 문장을 연달아 쓴 다음 거기서 시제를 지워 본다. 문장 속에서나마 시간의 것이라고 생각되는 울타리의 바깥쪽으로, 우리가 영원이라고 부르는 세계 쪽으로, 간신히, 정말로 간신히 몇 걸음을 내딛어 보는 것이다. 안쪽과 바깥쪽의 시간이 어떻게 다르게 흐르는지 알고 싶어지고, 거기에 있다고 짐작될 뿐인, 보이지 않는 경계를 넘어 조심스럽게 걸어 들어가 본다. 그러면 먼저 내딛은 한쪽 발이 빛의 불길에 새하얗게 타오르기 시작한다. 순간적으로 시야가 화끈거리고, 수십 수백 갈래의 깃털처럼 펼쳐지는 시간의 칼날에 눈이 부시고, 이윽고 시작되는

　블랙아웃……
　……다시 이곳으로, 단호한 현재로 돌아온다.

　시간은, 그냥 거기에 있다.

　영원은 멈추지 않는다. 시간의 바깥을 서성인다. 멀뚱거리는 나를 모른 체한다. 나 또한 풍경 속을 흐르며 부지런히 시치미를 뗀다. 아무렇지 않은 척, 하나도 아쉽지 않은 척. 다시는 돌아보지 않을 것처럼. 시간에 지배당하지 않기 위해서, 시간에 대한 완벽한 면역을 꿈꾼다. 그것이 만약 정복 불가능한 환상일지라도. 시간의 바깥을 꿈꾸며 있는 듯 없는 듯 은연한 존재로 살아갈 수 있기를, 사진 속 과거를 추억하거나 달력 속 미래를 들여다보지 않고도 태연한 얼굴로 죽어 갈 수 있기를 희망하는 것이다.

　짙은 밤 열차 안.
　사물들은 서늘하고 사람들은 쓸쓸하다.
　현재는 무섭도록 단호하다.

　어떤 정적은 두려움마저 삼켜 버린다. 방금 막 기나긴 겨

울잠에 접어든 영혼처럼 몸을 웅크리지만, 쉽게 잠들지 못한다. 잠들어 버리면 이 여정의 끝에 금세 다다를 것만 같아서. 원래의 시간 속으로 돌아가게 될 것 같아서. 눈꺼풀의 힘이 스르르 풀린다. 가지런히 모은 무릎의 온기와 새벽빛이 닿아 있는 발끝에서 영원의 아지랑이가 피어오른다.

어느 때보다 맑고 또렷한 정신과 육체. 나는 지금 저음 느껴 보는 균형 속에 있다. 우주적인 초월감이 새 횃불을 밝힌다. 새로운 시간 감각을 향한 여정이 시작되고 있다.

○

열차는 한 번도 뒤돌아보지 않는다. 한 번도 어겨진 적 없는 약속을 끌어안고서 시간의 경계를 등지고 나아간다. '등지다', '거스르다', '나아가다'라고 쓰는 것이 얼마나 실제에 가까운 표현인지에는 자신이 없다. 그렇게라도 표현하지 않는다면 붙잡을 수도 설명할 수도 없기 때문에 반쯤 체념하듯이 써 둔다.

실은 어떤 말도 필요로 하지 않아.
온몸으로 받아들이면 돼.

시간이라는 끝없는 현전 앞에 언어는 거의 무력하다.('무효하다'라고 썼다가 '무력하다'라고 고쳐 쓴다. 그 갈등을 여기에 남겨 두고 싶다.)

뱉은 말은 즉시 허공에 흩어진다. 말들의 모서리는 시간에 깎이고 무뎌진다. 아무렇지 않아지고, 아무래도 괜찮아진다. 어떤 언어로도 시간을 대신할 수가 없다. 말을 거는 사람도 말을 걸고 싶은 사람도 없다. 말이 도대체 무슨 소용인가. 나 자신을 설명하기 위한, 혹은 납득시키기 위한 이런저런 말들을 남발하지 않기로 마음먹은 지는 꽤 오래되었다. 예전에는 매번 열변을 토하고 난 뒤에야 어느 누구도 고작 몇 가지 표현들로 충분히 설명될 수 없음을 깨달았다.

아무 말 없이 충분히 이해받고 싶어.

모순적인 희망은 누구에게나 있다. 사람이 원래 그렇다. 언어가 아닌 행동으로만 우리는 자신의 존재를 이 세계에 순간적으로 돌출시킬 수 있다. 오직 행동으로만 얻을 수 있는 작은 보람이 있다.

그럴 수 없다면 견딜 수 없을지도 몰라.
증발해 버릴지도 몰라.

지금 여기 이곳에 머무르는 동안만큼은 (열차의 본질이 그러하듯이) 나아가는 일에 집중하기로 한다. '지금 여기'라는 가장 생생한 실감에 마음껏 휩쓸려 있기로 한다. 시간은 열차를 호위한 채 나를 어디로든 데려다줄 것이다. 모든 탑승객의 시간을, 가늠할 수 없이 거대한 시간 덩어리를, 열차는 싣고 나아간다. 차창의 미세한 떨림 너머로 풍경이 지나간다. 몸에 힘을 빼고 창밖을 본다. 애써 보려고 하지 않고 그저 본다. 보기만 한다. 보려고 하는 것과 보기만 하는 것은 많이 다르다. 빈손으로 다가오는 현재를 빈손으로 마주한다. 한참 바라보고 있으면 시간은 풍경처럼 가만히 멈춰 있는데 내가 시간 결을 모질게 지나쳐 가는 것 같다. 열차도 시간도, 내가 멈추고 싶다고 멈출 수는 없다. 우리는 우리가 된 우리를 멈출 수도 없다. 좌절과 쾌감이 뒤섞인 속박. 부인할 수 없는 명백한 사실들이 괴로울 때가 있다.

시간에 관한 문장들은 대체로 슬픔의 뉘앙스를 지니고 있어.

○
시간은 추격하지 않는다. 나도, 당신도. 실은 그 어떤 것도. 눈이 마주친 자리에서 꿈쩍도 하지 않는다. 진흙처럼 정체되어 있다.
삶 전체에 스며 굳어 있는 강물.
분리할 수도 해체할 수도 없으므로 양팔을 크게 벌린다. 눈을 뜨거나 조명을 비추지 않고도 눈물 같은 시간의 기저를 감각할 수 있다. 진공 상태인 현재와 부유하는 미래 사이에서.
잔인하리만치 규칙적인 걸음.
리듬이 없는 반복 동작.
이쪽 끝에서 저쪽 끝까지 전체를 다 식별할 수 없는, 지금 이 순간에도 사이가 무한히 멀어지고 있을, 인식의 경계

너머로 펼쳐지는 영원히 불가해한 두 개의 시詩.

○

과거는, 사라진 모든 어제는, 열리지 않는 괄호 속의 말줄임표다. 은유와 상징만 남은 쓸쓸한 세계를 헤매는 마지막 사물들이다.

○

과거의 어느 열차를 회상한다.

수년 전 파리 북역에서 런던 세인트판크라스역까지 가는 유로스타 열차를 탄 적이 있다. 해저 터널을 통과하여 프랑스—영국 국경을 넘어가는 노선이었다. 열차는 프랑스 북부의 육로를 한참 달리다 바다에 가까워질 때쯤 지면 아래로 기울어지며 터널 쪽으로 하강하기 시작했다. 터널의 동공이 열차를 빠른 속도로 덮쳐 왔고 맹렬한 암막이 일순간 주위를 집어삼켰다. 불안해할 새도 없이 터널로 들어섰다. 창밖은 너무 깜깜해서 우주 같았다. 스쳐 지나가는 풍경이 없으니 시간이 지워진 듯했다. 열차와 내가 깊은 바닷속에 있다는 사실을 도무지 실감할 수 없었다. 터널을 다 빠져나가기도 전에 갑자기 대지진이 일어나면 어떡하지. 이 암흑 속에 영영 갇혀 버리면 어떡하지. 다른 사람들은 태연해 보였다. 해저 터널로 접어들면서 잠시 대화를 멈추거나, 이어폰을 꽂고 잠을 청하거나, 읽던 책을 덮고 자세를 고쳐 앉았을 뿐.

몇몇은 초점 없는 눈으로 창밖의 우주를 내다보고 있었다. 잠시 얼어붙은 사람처럼. 불안해서일까. 멈출 수 없다는 걸 알고 있어서일까. 열차는 과거가 아니라 여전히 그 터널 속에 있다.

다시 현재의 열차로 돌아온다.

열차는 멈추지 않는다. 신기하게도 그 사실이 안정감을 준다. 멈추지 않을 것이므로, 움직이지 않아도 된다는 것. 이대로 아무것도 하지 않아도 된다. 그저 나로서 열차에 몸을 맡기면 된다. 삐걱거리는 간이침대에 걸터앉아 주변을 둘러본다. 새롭게 낯설다. 모든 것이 낯선 가운데 여러 가지 사실들이 나라는 존재를 에워싼다.

나는 혼자이다. 철저히 타인이다. 영락없는 외지인이다. 검은 머리칼과 짙은 눈썹, 밝은 갈색 눈동자를 가졌다. 나는 그들의 언어를 모른다. 그들은 나를 궁금해한다. 나는 그들의 시선에 응답한다. 나의 체온은 36도 언저리이다. 나의 좌석은 3등석 3호차 49번 침대의 아래층이다. 위층 침대는 비어 있다. 30리터 용량의 배낭 한 개, 방한화 한 켤레, 패딩 점퍼 한 벌, 후드티 한 벌, 긴팔과 반팔 세 벌, 긴 바지 두 벌, 반바지 한 벌, 타이즈 두 벌, 속옷 여섯 벌, 양말 여섯 켤레, 수건 두 개, 이틀 치의 간편식, 책 세 권, 줄 노트 한 권, 검정색 볼펜 한 자루를 가지고 있다. 해외에서 결제 가능한 신용카드 두 장이 있고, 수중에는 1만 루블의 현금이 있다. 1루블은 한화로 17원이다. 아이폰이 있으나 열차는 와이파이를 제공하지 않는다. 이동하는 중에는 데이터 신호마저 잘 잡히지 않는다. 열차는 현지 시각으로 오후 4시 39분 이르쿠츠크역을 출발했으며 동쪽에서 서쪽으로 향한다. 지구는 반시계 방향, 즉 서쪽에서 동쪽 방향으로 자전한다. 평균 시속 110킬로미터 정도. 총 서른일곱 명 승객이 내가 머무르는 칸에 탑승해 있다. 실내 온도는 섭씨 25도, 바깥은 영하 35도. 이곳의 시간은 서울보다 한 시간 느리게 표시된다. 서울과의 시차는 열차가 계속 나아감에 따라 한 시간씩 늘어난다. 열차는 멈추지 않는다. 지구도 멈추지 않는다. 소리도 진동도 없이 엄청나게 빠른 속도로 회전한다. 나는 중력의 영향 속에 있다. 엄청나게 빠른 속도로 지구와 함께, 열차와 함께 양방향으로 회전하고 있다.

나 여기에 있어, 하는 목소리가 등 뒤에서 들렸다. 부드럽게. 그 목소리는 사색에 잠긴 누군가의 주의를 끌기 위한 듯했다. 뒤돌아보니 거기에는 당연히 아무도 없었다. 나는 산비탈에 홀로 있었다.[3]

열차의 세계는 일정한 방향으로 움직인다. 그에 따라 나의 좌표는 실시간으로 변화한다. 지금 여기, 바로 또 지금 여기. 좌표는 정확히 쪼개질 수 없고 측정될 수 없으며 나는 그저 열차의 이동에 몸을 맡길 뿐이다. 시간에 좌표와 방향은 존재하지 않는다. 광속이 불변인 한, 시간은 스스로 모든 사물과 공간을 통솔한다. 공간은, 공간 자체는 거짓말처럼 비어 있고, 형태를 지닌 사물들의 가능성이 빈 공간을 점유하고 있다. 신의 주사위 놀이. 문득 뒤돌아보면 그곳엔 당연히 아무도 없는 것이다. 마치 산비탈에 홀로 있는 것처럼……

공간과 공간은 섞이거나 분리되지 않고 서로 아득히 멀리에 있다. 이동할 때 우리는 이곳에서 저곳으로 점진적으로 다가가는 것이 아니라, 무수히 많은 순간을 단숨에 뛰어넘는다. 다음과 같은 문장으로 시작하는 책이 있다.

'다른 곳'은 공간에 있어서의 미래이다.[4]

시간은 지금 여기로 도래하지만, 지금 여기를 제외한 모든 공간은 언젠가 당도해야 하는 미래이다. 시간이 공간에 의해 미래로 동기화된다. 우리가 원하는 곳으로 마음껏 이동할 수 있다는 사실은 그래서 늘 경이롭다. 이동하는 과정에서 우리는 완전히 자유롭고, 어느 쪽으로 움직이든지 그것은 선택된 미래이자 내가 선택한 미래이기 때문이다. 모든 공간은 과거로부터 닫혀 있고, 실시간으로 닫히는 중이며, 미래를 향해 언제나 열려 있다.

○
한 방향으로 흐르지 않는 강물.
우주의 설계자.
구원의 목소리.
시간은 무한이고, 인간은 유한이다.
만약 처음부터 뒤바뀐 운명이라면, 원하는 대로 시간적

인 질서를 재편할 수 있다면.

생명력 넘치는 덩굴 식물처럼 우주는 끊임없이 뻗어 나간다.

터질 것 같은 시간의 동맥이 세계를 가동하고 있다.

눈을 감으면 뚜벅뚜벅 다가오는 돌발적인 두근거림.

꿈꾸는 듯한 관능.

몰트위스키 한 잔의 향기로운 아늑함.

새하얗게 말라붙은 겨울 숲속에서 한없이 포근해지는 기분.

열차는 나를 포함하고 있는 동시에 완전히 나와 분리되어 있다. 심호흡, 텁텁한 바람, 흘러간다. 매 순간 가까워지는 풍경과 멀어지는 풍경 사이에서 어느 쪽을 응시하면 좋을지…… 갈피를 잡을 수 없다. 고개를 갸우뚱.

어디선가 끊어질 듯한 소리를 내며 겨우 돌아가고 있는 시간의 해묵은 테이프.

열차 속의 나 자신이 그리워진다.

열차 속의 나 자신이

지지직, 지지직거린다.

다시 눈을 뜬 묵상 속에서 시간의 박동을 느낀다. '지금 여기'라는 자각의 이면에는 무수한 불안이 잠재되어 있다. 주어진 모든 표식과 징후를 들춰 보는 일은 불가능에 가깝다.

시간은 때로는 절망적이다.

우리는 부질없는 가능성들에 너무 많이 의존하고 있다.

○

　나를 에워싸고 있는 사실들과 그 이면에 잠재된 가능성들을 한데 싣고서 열차는 계속 나아간다. 푸른 새벽 공기. 어둠은 모호하고 속살이 투명하다. 명과 암의 감정으로 구분되는 세계가 있다. 조명 아래 흔들리는 그림자 무리가 있다. 한참을 턱을 괸 채 창가에 기대어 있다. 창유리의 한기에서 얼음 냄새가 난다. 두 눈으로 직접 보고 있으면서도 이곳의 새벽 풍경은 잘 믿어지지 않는다. 비현실적으로 단조롭고 고요하다. 시간은 이미 저만치 달아나 있는데 열차는 한껏 여유를 부리며 뒤를 밟는다. 다 사라질 이미지 같다. 인류 역사상 최초로 정착할 수 있게 된 어느 머나먼 행성의 설원 위를 밟는 꿈을 꾼다.

○

　살면서 지나온 무수히 많은 새벽을 하나의 압축된 관념으로 떠올린다. 새벽은, 새벽이라는 시간 창문[5]은 일시적으로 무한하다.

○

열차 안팎의 모든 것이 하나의 연결고리에 묶여 있다.
미래보다 거대한
현재에.

숨이 저절로 쉬어지지 않는 느낌이 들어 애써 의식하면서 숨을 쉰다. 호흡 하나하나를 단계적으로 느껴 본다. 갑갑함은 가시질 않지만 깊게 숨을 들이쉴 때마다 정신이 조금씩 맑아진다. 열차 내부는 따뜻한 어둠에 잠겨 있고 창밖의 설원은 혹독한 어둠에 잠들어 있다. 쌓이기만 하고 잘 녹지 않는 눈들이 숲과 마을을 하얗게 뒤덮고 있다.

"눈이 부시네."라고 중얼거린다.
눈이 부시네.

뻔한 말인 것 같아서 '하얗게'라고 수식하고 싶지 않았는데, 어떤 동사에든 '하얗게'를 붙여 말하고 나면 기분이 좋아진다. 마음이 정갈해진다.

하얗게 말한다.
하얗게 걷는다.
하얗게 태어난다.
하얗게 미소 짓는다.
하얗게 쓰다듬는다.
하얗게 빛난다.
하얗게 눕는다.
하얗게 속삭인다.
하얗게 숨죽인다.
하얗게 포옹한다.
하얗게 키스한다.

하얗게 뒤척인다.
하얗게 연주한다.
하얗게 흐른다.
하얗게 날갯짓한다.
하얗게 춤을 춘다.
하얗게 스러진다.
하얗게 도망친다.
하얗게 돌진한다.
하얗게 무너진다.
하얗게
사라진다.

간이침대에 누우면 얼굴 바로 옆에 가로로 길게 난 창문이 있다. 그 너머로 수없이 많은 자작나무가 늘어서 있는 게 보인다. 하얀 불에 덴 것 같은 껍질들. 자작나뭇과 자작나무속 자작나무들이 무작위로 열거돼 있다. '무작위로'와 '자연적으로' 중에서 어느 쪽이 실제에 가까운 표현일지 궁금해진다. 나무들의 언어는 우리들 귀에 닿지 않는다. 공기의 흐름처럼 조용히 이루어진다. 허공을 떠다니는 눈의 결정과 같이. 나무들 자신이 아니라 나무들이 속한 숲의 회화적인 침묵이, 그것의 새하얀 무형성이 매혹적인 풍경을 이룬다. 어떤 권력도 통제도 저항도 존재하지 않는 것처럼 보인다. 인간도 짐승도 시간도 나타나지 않는다. 죽은 것들의 잔해 말고는 아무것도 발견되지 않는다.

야간열차 안으로 은은한 설원의 빛이 스민다. 덕분에 사물들의 실루엣을 하나하나 분간할 수 있다. 눈을 가늘게 뜨고 본다. 모두에게 하나씩 주어지는 얇은 천 이불이 무릎을 감싸고 있고, 이불자락 위로 반짝이는 먼지들이 무질서하게 부유한다. 나는 응시한다. 새벽녘의 무대. 슬로모션. 스노 글로브처럼 공연하는 먼지들. 하잘것없이 섬세한 군무.

수많은 물체들의 투영 속에 섞인 차창 속의 내가, 여기에 가만히 초라하게 앉아 있는 나를 물끄러미 들여다본다.

동작이 없는 한 편의 춤.
빛의 서사시.

손가락 사이로 아름다운 순간들이 흩어져 간다. 이곳에 서의 여정은 아무도 없는 공원에서 추는 독무 같다. 내게 주 어진 어떤 것도 확신할 수 없는 기분을 끌어안은 채 이곳에 왔다. 별다른 굴곡 없이 살아온 날들이 여전히 평탄하게 흘 러가고 있었지만, 오히려 그렇기 때문에 한 치 앞을 볼 수 없 는 어둠에 사로잡힌 기분이었던 게 아닐까. 정작 중요한 것 에는 다가서지 못한 채 혼자 겉돌고만 있었는지도 모른다. 해소되지 않는 모호한 감정들이 날마다 쌓여 가고, 한없이 희미한 나는 벽과 벽 사이에서 자주 방향 감각을 잃어버렸 다. 숲속으로 하얗게 사라지고 싶었다.

○
얼어붙음
텅 빈 푸른 눈

숲을 향한 속삭임
으깨진 어둠
흰 강
시간의 야윈 농담을
뒤돌아보지 않는 거울들을
마주치고 마주치고 또 마주친다
허겁지겁 도망치듯이

작은 오두막에서 시작한다
깨진 커피 잔
낡은 그릇들
한 사람의 생을 꿰뚫는 한 줄기 빛
산맥의 아침과 저녁

이 섬에서는 통성명을 입맞춤보다 먼저 청할 수 없다고
한다
이름은 쓸모없기 때문이다
시간 창문 아래에서
두 볼을 맞댄 채 서로의 나이테를 셈한다
 누락된 세계의 무질서를
손가락 사이에 끼우고 돌아설 것

이탈하는 나는 망설이기 시작한다
이미 붕괴된 것은 쉽게 절망하지 않는다
새롭게 건설될 뿐

첫 번째 산책을 나선다
오일 파스텔로 그린 가문비나무들과
이중 노출 폴라로이드 사진
무릎 담요와 철제 캐비닛
그을린 벽난로 속 검은 장작에서 타오르는
지긋지긋한 환상들

불길 속에서 미래의 사물들이 건너온다
장작의 연대기를 가로질러
암시적으로
벽시계는 멈춘다
멈추지 않는 것은 재해석되어야 한다
몇 번이고 새롭게
있을 수 있는 일도 없을 수 없는 일도
다 가능하다
한번 사랑했던 우리는 꾸준히 거론될 것이다
기억의 앵글 밖에서

젖은 발과 발자국
추적을 눈치챈 듯한 걸음으로
홀로 거닐고
작자 미상의 단막극에서
뱉지 못한 마지막 대사를 읊는다

이것이 최후의 날개이다! 더미이고 용서이다!

여기서 무릎을 꿇으면
눈보라처럼 사라질 수 있을까

시간은 아무 때나 전복될 수 있고
죽은 영원도 치환될 수 있다

줄넘기
반작용
퇴행성

성곽을 향하여
시작점으로 되돌아간다

곧이어 두 번째 산책을 나선다

부러진 의자 위에 놓인 돌
쌓이는 눈
기둥과 지붕과 첨탑 아래
똥이 마려운 개 한 마리가 제자리를 빙빙 돌고
풍경이 반으로 접힐 때 이정표가 보인다

시력을 빼앗겨
빛들의 가시에 찔리고 또 찔리고
모든 게 다 슬픔인 듯하다가도
자꾸 곱씹고

할 말을 잃고
초연해져서 모니터 화면을 끈다

이 문서들은 나의 시간 법칙을 증명하기 위한 것이다
형태와 선율, 화법, 그리고 무수한 우연들
한쪽 귀퉁이에 적어 둔 세 글자

이름 없는 약속들이 섬으로 도망친다
아무 관련 없는 두 장의 그림을 유사하다고 느낄 때
접속사는 이미 거기에 없는 것이다

다시
얼어붙음
으깨진 푸른 눈
흰 속삭임이
졸졸졸

산책로에서 개 한 마리를 만났고
반드시 접점이 생기는 여러 개의 타원을 그리며 놀았다
개와의 놀이는
원형이 아닌 것들의 부재를 포함한다
상상처럼 사랑으로

다시 작은 오두막으로 돌아온다
늙은 수집가의 집에는

쓰다 만 편지들
막 끓어오르며 우는 주전자
며칠째 치우지 않은 식탁
물감이 다 튄 팔 토시와 썩은 나무 팔레트
헐값에 팔릴 그의 유품들

최초의 눈보라가 지나간다
마지막에야 우리는 정확히 거론될 것이다

추상의 춤에서
영원한 뒷걸음질로

오두막 벽난로 안에서
다 타 버린 시간의 냄새가 난다

　　○

　　시간은 퇴적 그 자체일지도 몰라. 거대한 반죽 덩어리처럼 뭉쳐지고 스스로 불어나는, 혹은 존재로부터 흘러나온 어떤 흐름이 죽음의 영역으로 모여들어 서서히 쌓여 가는, 그래서 언젠가 한쪽으로 기울어지고 마는. 어둠을 쫓아낸 빛들의 눈부신 퇴적일지도 모르지. 반대로 삶은 방금 뒤집힌 모래시계처럼 모래알을 소진해 가는 과정일지도 모르고. 역행의 타임라인. 죽음이란 피니시라인 같은 게 아니라 삶의 이면에 처음부터 잠재되어 있는, 숨을 쉴 때마다 천천히 드러나는 검질긴 늪 같은 건지도 모르지. 시간의 소실점 너머에는 어떤 풍경이 펼쳐져 있을까. 그곳에도 쓸쓸한 루머가 떠돌까. 참을 수 없이 아름답지, 사라지는 일은. 그 궤적은.

○

몸을 싣고 매달린다.

전이하는 현재의 어깨에.

현재 시제의 프레임 전체가 움직이고 있다. 우리는 나아간다. 앞이 아니라 뒤일 수도 있고, 앞뒤를 구분하는 것이 무의미할 수도 있다. 어차피 방향은 중요하지 않다. 나아가고 있다는 사실만이 중요하다. 언제나 사실만이 중요하다.

이것은 여정도, 방황도, 유희도 아니다. 그저 이동하는 것이다. 나는 출발하지도 도착하지도 않을 것이다. 누구도 거스를 수 없을 것이다. 옮길 이移에 움직일 동動. 옮기고 움직이는 순간들 속에서만 우리는 실재한다. 행위가 본질이 될 때 비로소 세계의 중심은 나 자신이 된다.

시간이 자유를 담보한다.

이름 붙인 적 없는 곳에서 이름 붙일 수 없는 곳으로 이동하고 있다. 그동안 나는 어느 때보다 균형 잡히고 안정적인 사람이 된다.

○

다시 한번 되뇐다. 언제나 사실만이 중요하다. 이것은 여정도 방황도 유희도 아니다. 새로운 시간 속으로의, 혹은 시간 밖으로의 적극적인 이탈이다. 이탈하는 자의 불안해하지 않는 발자국이다.

○

옛날에 출간된 책들에서나 만날 법한 겨울 풍경들, 길지 않은 오후에 비스듬히 깔려 들어오는 예리한 햇빛, 희석한 유화 물감을 여러 번 덧칠한 듯이 흐리고 탁한 구름들, 어슴푸레한 음영에 뒤덮인 마을과 하드보일드하게 흩날리는 눈발들. 방치된 땅. 영원의 이미지를 간직한 곳. 시간성을 솎아 낸 순백의 공간. 겨울다운 겨울을 찾아 이곳에 왔다. 척박한 설원과 아름다운 타이가 지대가 드넓게 펼쳐져 있고, 이 땅의 샤먼과 정령, 그들의 은밀한 목소리가 이곳으로 사람들을 끊임없이 불러들이고 있다. 나 또한 부름에 이끌려 왔는지도 모른다. 겨울이라는 추상 위에 내가 서 있다. 이토록 덧없고 적막한 황홀 앞에서 그 누가 태연할 수 있을까? 내 마음은 왜 겨울 속에서 더 선연해질까?

○

평행 운동. 과거는 멀어지지 않고 미래는 가까워지지 않는다. 다만 과거와 현재는 끊임없이 무언가를 주고받고 있고, 현재와 미래도 끊임없이 무언가를 주고받고 있다. 두 시제가 교차하는 영역에서 어떤 규칙들이 성립한다.

'지금'이라는 루프.
굴레 속에서 반복되는 감각.
반복 속에서 퇴색되는 기억.
다 카포$^{da\,capo}$와 달 세뇨$^{dal\,segno}$.
'세월'이라고 불리는, 시간 속에 갇힌 시간.

무엇이 현재를 움직이는지? 작동하게 하는지? 아주 오
랜 세월 뒤에 우리는 더 이상 지금의 우리가 아니게 될까?
시간의 무한성은 어디까지 인간을 굴복시킬 수 있을까? 또
인간의 유한성은 어디까지 우리를 극복시킬 수 있을까?

여전히 누군가는 시간의 부산물들과 싸우고 있다.

○
붉은 네온사인으로 이름 지어진 거대하
낡은 역사^{驛舍}
회전문으로 들어선다

빙글,
한 번 더
빙글,
다 지나간 뒤에도 빙그르르……

지구 반대편의 회전문으로 빠져나온다

어나더 월드, 어나더 앵글
처음 보는 깨끗한
입김으로 이루어진 땅

3인칭의 나는 바위처럼 얼어붙어 있다.(시간은 폭발적인
갈증을 느낀다.)

바깥은 백야
주사위 놀음이 끝나면 세계는 사르르 녹아내린다
운명은 종종 뒤바뀌고
당신을 위한 규칙은 처음부터 정해져 있다
회전문이 폐쇄된 것은 아무도 돌아갈 생각이 없기 때문
이다
내일은 또
새로운 인물이 등장하고 새로운 규칙이 생겨날 텐데
도대체 어쩌려고 그러는지······

호수 한가운데에서 거인은 무너졌다

거인에게는 가족이 없었다. 그리고 뿌리도 없는 것 같았
다. 그는 원인도 끝도 없는, 시간 그 자체 같은 사람이었다.[6]

주사위 놀음의 결과로 우리는 입장할 것이다
어나더 드림으로

어제 나는 시레 왕국으로부터 이주해 온 시계공 아르투로와 인사를 나눴다. 그는 나선형으로 걸을 줄 알았으나 인과적인 언어를 사용할 줄을 몰랐다. 우리는 자연 언어로 순수한 대화를 나누었고 나란히 앉아 해바라기 씨를 씹으며 창밖의 회전문을 바라보았다.

어디로 가는 중이냐고 물었더니 오후 9:55분경으로 가는 중이며 어디로 가는지는 중요하지 않다고 했다.

거기 오후 9시 55분경의 아르투로가 있을 거라고 했다.

그렇군요, 나는 오전 4:11분경으로 가야 해요, 아르투로.

함께 내리지 않을 것이므로 서로의 출생지를 밝히지 않기로 했다. 그는 처음부터 예상했을 것이다. 필연적으로 멀어질 거라고.

돌발적인 시공간의 도약으로 꿈의 무브먼트는 엉망이 되었다.

정신을 차려 보니 누군가의 배 속에 들어와 있다. 언제 내가 시간의 아가리를 통과했지?

'언제'라는 건 시간일까 공간일까 고작 이렇게 녹아내리기 위해 이곳에 온 것일까, 하고 후회하는 순간 식은땀이 흘렀다. 부드러운 융털에 온몸을 치대며 우리는 억지로 거슬러 올라갔다. 자연스러운 역류는 놀이기구를 타는 것처럼 즐거운데 내가 잠들어 있는 동안 무수히 많은 가설들이 이미 회전문을 통과했다고 한다.

바깥에서 차례로 입국 심사를 받고 있다
푸른 동공의 검사관이 두툼한 망명자 리스트를 꺼낸다

모두 잠든 새벽 황망히 국경을 떠나던 두 사람은 붉은 네온사인의 역 이름을 보며 중얼거린다. 거인의 실루엣을 떠올리는 동안 나는 내가 태어난 곳으로 되돌아온다 서서히 개방되는

화이트아웃……

발을 헛디디지 않으려고 조심하며 은퇴한 시계공의 작업실로 걸어 내려간다. 흑백의 사물로 뒤덮인 실내와 한창 제련 중이던 시간의 결정들은 실로 아름다웠는데 바닥엔 차게 식은 빛의 사체가 흥건했고 고장이 난 시계들이 과거와 미래를 분리하는 중이었다. 멈추지 않으면 무효가 된다는 걸 알면서도 다음으로 찾아올 빙하기를 대비하고 있는 것이다. 이곳에서 버티며 빛들을 살해한 다음, 시간의 결정을 충분히 모으면 더는 시계를 고치지 않아도 된다며, 곧이어 새로운 시간이 새로운 공간에서 탄생할 거라며 아르투로는 폭발적인 허기를 느낀다.

고대에 멸종된 언어만이 침묵과 정적을 번역할 수 있다

바깥은 백야
멈추지 않는 열차에서 중얼거린다
빛은

종착지를 알려 주지 않아

어떤 단어들 앞에 붙는 무[※]라는 변명이
시간의 바깥에서
어느 쪽에도 속하지 않는 중간층의 세계에서
우리들의 귓바퀴를 유일한 출구 삼아
속삭여 온다

○
(signal……)
 지금 여기, 내가
있다.

지금,
바로 지금,
지금 여기 내가
있었다.

(scanning……)

방금, 거기, 내가,
있었다!
있었을 것이다.

(no response.)

나를 지나쳐 간 공간에서 바라볼 때
나는 여기

있거나
있었거나
있었을 것이다.

포개지는 동심원
전진하는 중심축
간빙기
얼음산
영원히 수신되지 않을 전언들
관측 오차

역사적으로
이미 여러 번 예감된
응답 없음.

목소리는 퇴장한다.

(endless loop.)

○

어떤 원시적인 약속이 존재한다. 나는 달리는 열차에 묶여 있다. 설원에 반사된 빛이 번쩍인다. 어느 누구도 시공의 그물을 벗어날 수 없다. 열차의 시점으로 의심 가득한 얼굴의 나 자신을 본다. 찰나의 나, 차창에 비친 나, 물질로 이루어진 나, 조용히 실려 가는 나. 이 모든 자아들이 열차와 같은 속도로 이동한다. 나를 떠받친 채 삐걱거리는 이층 간이침대도, 위층에 누워 있는 거구의 키르기스스탄인 사내도, 반쯤 읽다 만 시집도, 그 안에 끼워 둔 책갈피도, 조금 전에 정차한 기차역의 매점에서 산 요거트 병도, 자꾸 뒤척일 때마다 흩날리는 먼지도, 누군가의 기침 소리도, 모두 나에게 부여된 어떤 시간 덩어리에 한데 묶여 나아가고 있다. 열차 공간은 멈춰 있고, 동시에 어딘가로 흐르고 있다. 시간이라는 관성이 열차를 끌고 간다. 나를 앞질러 가는 또 다른 나에게 나는 끌려간다. 스쳐 지나가는 조밀한 순간들에 의해 나의 존재는 끊임없이 단절되고 있다. 예리하게 잘려 나가는 듯한 서늘한 감각. 그런데 감각은 일회적이라서 금세 잊고 만다. 망각 속에 나는 쌓인다.

○

(시간의) 관성은
수시로 나의 멱살을 붙잡고 간다.
발목에 두꺼운 밧줄을 매달아 끌고 간다.

질질질
럭

—눈을 떠.

뒤를 돌아보는 나 자신의 심연으로부터
밤의 열 손가락이 펼쳐 보이는
수평선까지
주인이 없는 꿈의 문턱으로
백색의 이도공간으로
망가진 물건은 다시 고칠 수 없는 경우도 있어
처절한 영혼의 비루한 말들
사건을 빼앗긴 채
가능성 속으로 빨려 들어간다.
알파벳과 숫자가 뒤섞인 2차원의 좌표를
속삭이며 읽다가
울렁이는, 멈출 수 없는

심연의 비디오를 되감기 하다 보면
무용수들의
수천수만 개의 몸짓들이
우주선 창문에 비치는 형상처럼 스쳐 지나가는데

어쩌면 우리가 빛보다 느리기 때문에 미래로 가는 중[7)]
이라고

빛보다 빠른 자들의 무전 신호가 도착한다.

―눈을 떠.

미래로
다가오지도 멀어지지도 않는
만날 수도 없는
미래로
거리를 좁혀 나간다.

―Do you copy?
붙잡으려 하지 말 것
―Do you copy?
휘파람 소리를 기다릴 것

허공으로 붕 하고 날아오른다.
축척과 방위가 사라지고 지도는 확장된다.

몸이 가벼워지는 건 쾌락일까요?

두 개의 핀 사이로
박물관 크기의 양장본 한 권이
웅장하게 펼쳐진다.

이윽고 우리는,

오늘의 테두리를 지나
이름 모를 강의 거센 급류 위를 지나
누군가의 무의식을 지나
깊은 호수 아래서 공명하는 돌을 지나
한 무리의 알스트로메리아가 핀 협곡을 지나
1386년 어느 날의 솔즈베리 내싱딩을 지나
아몬다와족 소녀의 그림일기를 지나
이베리아 회색 늑대의 목덜미를 지나
소년이었던 노인이 사는 에게해의 섬을 지나
마지막일지도 모르는 심포니 오케스트라를 지나
시간 너머의 모든 시간을 지나
 가장 불확실한 동공 속으로 굴러떨어진다.
(0에 수렴하는 확률로)

배운 대로 착지하면 아무도 다치지 않을 수 있어요.

날카로운 적막과 살을 에는 추위 속에서
상처투성이 나무들이
웃는다.
나무들의 추위에 이입하며
부르르 몸을 떤다.

뿌리가 사는 시간을
피사체의 의도를
시계추의 리듬을

믿음이 인간을 호위하는 방식을
나는 신뢰할 수가 없다.

당신은? 무엇을 신뢰할 수 있죠?

나무와 나무 사이가 유기적으로 벌어지고
그들의 두툼한 입술이
동시에 발화한다.

—눈을 떠.

깊이 숨을 내쉰다.
시간의 옆구리를 쫓아간다.

살아 있는 것, 살아 내는 것, 살려 내는 것은
너무나도 달라서
방심하는 순간 한꺼번에
시들어 버리겠죠.

창백한 얼룩들이 더욱 도드라져 보인다.
빛보다 빠른 자들의 두 번째 무전 신호가 도착한다.

—전원 탑승하라.

우주선에는

지구의 모든 식물과 원예 기술을 보존해 둔 온실이 있다.
우리는 영원히 늙지 않는 행성으로 간다.
거기서 발견될 예정이다.

'선행 기억 상실'이란 진단을 받은 것을 기억해요.

끝까지 가서 돌아오지 않을 것이다. 거역할 수 없을 것이다.
……라고 응답한다.
—눈을 떠.

살아 돌아온 그의 외마디를 아무도 신뢰하지 않을 것이다.

꿈틀거림은 이 시에 감춰진 유전자이다.
시^{時}와 시^{詩}의 줄다리기

두 사람의 시간이 섞이기 시작할 때
강물에서 발을 뺀다.
(시야를 다 가릴 정도로 물방울이 튀어 오른다.)

자아의 상이 반전되어 지지직 일그러진다.

껍질 속에서
나 자신의 앳된 알몸이
조갯살처럼 툭 하고
튕겨져 나온다.

○

밤의 열차는 은은하게 빛난다. 설원에 반사된 빛이 열차 안을 안개처럼 떠다니고, 빛들의 부스러기를 보고 있으면 무중력 상태의 우주선 속에 들어와 있는 듯하다. 아무것도 하지 않고 누워 있어도 불안하지 않은 하루가 조금 낯설다. 잠을 청해 보지만, 쉽게 잠이 오질 않는다. 사방에서 이리저리 뒤척이는 사람들의 기척이 나를 흔들어 깨운다. 이렇게 많은 사람들과 한 공간에서 며칠을 내리 보내는 것은 처음이다. "함께 열차에 탔다."라고 쓰기보다는, "같은 방향으로 이동하는 어떤 행렬에 속해 있다."라고 쓰는 편이 좋겠다.

열차에서 읽으려고 몇 권의 책을 들고 왔는데, 그중 소설책이 유독 잘 넘어가지 않는다. 문장이 읽히긴 하는데, 맥락과 서사가 잘 읽히지 않는다. 앞 문장과 뒤 문장의 아귀가 어긋나 연결되지 않는 느낌이다. 게다가 자꾸만 의식은 열차 밖으로 향한다. 억지로 책장을 넘기다가 이내 덮어 버린다. 책보다 더 놀라운 세계가 너머에 있다. 고개만 돌리면 바로 저기에 있다. 할 수만 있다면 도착할 때까지 눈을 뜨고 있고 싶다. 멍하니 있다가 이번엔 시집을 펼쳐 창틀에 몸을 기댄다. 책등에 손가락을 받친 뒤 책을 눈높이만큼 조금 높게 들어 읽는다. 차창 너머의 어둠 아래 깔린 새하얀 풍경을 책의 배경으로 두고 싶어서.

서로 몸 붙여 누운 밤
늑대 울음소리에
기온이 뚝뚝 떨어진다.

누군가 황야를 끌어당겨
목 깊이 덮어 준다.[8)]

단어와 단어 사이의 공백을, 시구와 시구 사이의 낙차를, 한 편의 시와 그다음 한 편의 시 사이의 신비한 결속을 눈빛으로 매만진다.

창문을 뚫고 전해지는 냉기가 시집을 쥔 손등에 닿는다. 열차 안은 포근하기만 한데 바깥은 콘크리트 같은 추위에 뒤덮여 있다. 아주 오랜 시간 살아남은 겨울의 잔해들이 저기에 누워 있다.

초점이 흐릿하다.

몸을 웅크린다.

어둠 속에서 윤곽들이 흩어진다.

빛의 티끌 하나 없는 완전무결한 어둠은 땅 밑 깊숙한 곳에만 있다.

지상의 어둠은 기꺼이 우리를 배려한다. 때로는 요람처럼 열차의 움직임을 따라 덜컹거린다.

시공간이 전복되지 않을 거라는 확신이 있다.

눈을 여러 번 감았다 뜬다. 보이는 것들의 보이지 않는 부분을 보려고 한다. 보이는 것이 다라고 믿는 순간 아무것도 보이지 않는 거나 마찬가지니까. 새로운 초점을 얻기 위해 다르게 보려고 한다.

어둠이 허공을 끌어안는다.

희미한 빛과 선명한 어둠의 섬세한 결합.

　　낮설고 안락한
　　어둠이
　　시간의 흐름을 조율하고 있다.
　　('낮설다'와 '안락하다'라는 표현을 하나의 대상에 붙여 쓸 수 있다면, 그건 어둠이 유일하지 않을까.)
　　나라는 존재의 실루엣이 한 뼘 정도 팽창하는 듯하다. 거대한 평온이 영혼에 깃든다. 아주 잠깐이지만.

　　열차는 지치지 않는다. 빛과 어둠을 품고 인간이 정한 규칙을 따라 성실히 나아간다. 나는 여기 살아 있다. 그들도 저기 살아 있을까? 우리가 정말로 살아 있다고 느낄 때, 시간은 조용히 자리를 비켜 준다. 시간이 부재할 때에야 우리는 오롯이 존재할 수 있을 것이다.
　　밤이 깊어 갈수록 서늘해진다. 몸을 뒤척이면 간이침대가 삐걱거린다. 신경이 쓰여서 마음대로 움직일 수가 없다. 승객들에게 하나씩 제공되는 흰 이불은 너무 얄팍해서 기나긴 밤을 함께 보내기엔 충분하지 않다. 침대 위는 비좁지만, 하루 종일 누워 있고 싶다. 뜬눈으로 밤을 지새우고 싶다. 시간이 없는 것처럼. 발버둥 쳐도 모든 게 제자리일 것처럼. 정전기가 날 만큼 건조한 코튼의 질감이 내가 살아 있다는 실감을 상기시킨다. 희미한 세제 향이 난다. 얇은 이불 속에서 몸을 뒤척이는 행위가 의식의 소매를 붙잡는다. 뒤척이고 웅크릴 때마다 밤이 선명해진다. 아침이 오지 않았으면 좋겠다. 밤이 영원하길 바란다기보다는, 그냥 이대로 열차가 멈추지 않기를.

○

어둠 속의 사물을 바라보고 있으면 어떤 힘이 사물의 주변을 서서히 밝힌다. 희석된 어둠이 세부를 지우고 윤곽만을 남긴다. 본연의 아름다움이 전체적인 인상으로 확장되어 점점 더 선명해진다.

쉿 하면서 검지를 입술에 붙인다. 분위기의 일부가 된다. 빛나는 열차의 사물들 가운데 나는 깨어 있고, 성직자처럼 중얼거린다.

침묵은 자연의 그림자. 자연의 그림자.

자연의, 그림자.

침묵은.

아무 말도 하지 않으면 아무것도 사라지지 않는다.

○

그저 떠오르는 것을 써 내려간다. 곱씹고 곱씹으면서. 쓰는 동안에 기억과 의식은 이리저리 부딪히고 마모된다. 연결되기도 하고 끊어지기도 하고 멀어지기도 하고 사라지기도 한다. 오래된 감각이다. 겨우 문장이 되긴 하지만, 어딘가 불안정해 보인다. 그래도 일단 문장이 되고 나면 좀처럼 지워지지 않는다. 계속 써 내려가다 보면 빛 한 점 들지 않는 동굴 속에 갇힌 기분이 들기도 한다. 혹시 너무 자폐적인 건 아닐까? 일상의 감각과 잠시 거리를 두고 있으면 내 안으로부터 정체를 알 수 없는 목소리가 솟아나 계속 쓰게 만든다. 추진력을 불어넣는다. 환청일까?

미래에서 날아온 기척이 나를 감싸 안는다. 쓰는 동안은 곁에 머물러 준다. 있는 듯 없는 듯 얇은 간절기 외투를 걸치고 있는 것처럼. 눈을 맞추거나 손을 잡아 주는 것은 아니지만, 덕분에 삶이 덜 고독한 거구나 싶다. 그것은 보채거나 방관하지 않는다. 가만히 기다려 준다. 내가 있는 곳이 아주 잘 보일 저기 산간의 척후병처럼. 거스를 수 없는 소명 같은 것. 눈과 귀를 막아도 느낄 수 있다. 그 안에 내가 있지만, 그것은 내 안에 있지 않다.

끝까지 써 내려간다. 글은 나와 세계를 구분 짓는 동시에 연결해 준다. 너무 멀어지지 않도록 말 걸어 준다. 글을 쓰는 사람은 자기 자신의 기척을 통해 이 세계에 등장한다.

첫 발자국. 그걸 잃고 싶지 않다.

○

문장 바깥의 시간을 들여다본다. 물리적인 시간이 아닌 관념적인 시간을. 파고들수록 단단해지는 연결 고리를. 신이 감춰 둔 수많은 패턴과 비밀을.

○

땅을 덮는 흰 눈.
그 위에 다시 내리는 눈.
결정과 결정이 맞닿는 순간의 작디작은 포근함.
새하얀 찰나.

정확히 같은 자리에 쌓이는 눈의 결정체들.

투명한 시간의 기둥.

어떤 날의 나는 아주 평온하고, 어떤 날의 나는 이유도 없이 세상이 역겹다. 씻어도 씻기지 않는, 온몸에 엉겨 붙어 있는 증오와 위선, 허울뿐인 자아. 별 생각 없이 건네는 말들, 그리고 착각들. 허황되었으나 악의가 없는 눈빛들. 일회적인 선망과 꽤 익숙해진 농담들. 어디에도 달라붙지 못하고 미끄러지는 가벼운 위로의 말들. 단편적인 진실들 사이에 숨어 있는 크고 작은 거짓말들.

그로 인해 우리는 점점 더 공허해지고, 공허해지기만 하고.

눈밭에 누워 다 털어 낸다.

혼자서는 행복할 수 없어. 새 마음을 열어야 해.

○

자아는 현실과 상상 양쪽에 거울처럼 존재한다. 서로의 존재를 알지만, 한 번도 마주치지 않고 나란히 걸어간다. 어쩌면 반대 방향으로 조금씩 멀어지고 있는지도 모른다. 철로의 갈림길에서처럼 선택의 순간에 세계는 갈라진다. 간격은 벌어진다. 왼쪽 길을 선택한 다음 오른쪽 길의 상상을 멈추면 나는 오른쪽으로 떠나간 상상 속의 나 자신을 영원히 만날 수 없다. 상상 속의 나는, 어딘지도 모르는 역에서 불쑥 내린 다음 다시는 열차를 타지 않을 수도 있고, 어떤 연유로 다시는 한국으로 돌아가지 않을 수도 있고, 모종의 음모에 휘말려 이름과 신분을 바꾸고 도망자로 살 수도 있다.

기약 없이 멀어지는 무한한 갈래의 나…… 우리는 서로 인사도 하지 않는다. 안부도 묻지 않는다. 가볍게 고개를 끄덕이고 돌아설 뿐.

이미 떠나보낸 세계의 나 자신에 대해서는 더 이상 관여할 수가 없다. 끊임없이 선택하고 갈라지고 떠나보내고 그리워한다. 어떤 갈래의 나는 신기루처럼 날아가 영영 돌아오지 않을 것이다.

○

다시 횡단 열차. 나는 복도 측 이층 침대의 아래층에 누워 있다. 위층에는 크라스노야르스크역에서 탑승한 장신의 사내가 누워 있다. 그에게 이 침대는 다리를 쭉 뻗을 수 없을 만큼 작아서 뒤척일 때마다 거슬릴 정도로 심하게 삐걱거린다. 작은 나룻배 하나를 함께 타고 있는 듯하다. 발을 뻗는 쪽의 칸막이에 붙은 고리에 연회색 패딩 점퍼를 걸어 두었고 그 곁에는 배낭을 놓아두었다. 비좁지만 아늑하다. 3등석 칸에서는 탑승객들의 모습이 한눈에 들어온다. 얼굴과 표정, 몸짓, 그리고 낯선 언어로 소곤대는 말소리가 겹쳐서 하나의 풍경을 이룬다. 그로부터 남은 인상은 시간의 문턱을 통과하며 몇 장의 이미지로 재구성된다.(기억은 언제나 불완전하다. 현재 시점으로 새롭게 수정되고, 때로는 사실과 다르게 낯설게 표현된다. 그래서 실제보다 자주 아름답다.)

열차가 잠시 멈춘다. 한 사람이 침대와 짐을 정리하고 열차에서 내리면 새로 탑승한 사람이 그 자리를 채운다. 종종 자리가 비는 구간이 생기기도 하고 그럴 때면 새로 탑승할 누군가가 궁금해진다. 우리는 말을 섞지 않는다. 얼굴들이 타고 또 얼굴들이 내린다. 나는 아래층이기 때문에 위층에 새로운 사람이 오를 때면 잠시 비켜 줘야 한다. 그동안 그 사람은 대충 짐을 풀고 자리를 잡는다. 위층이 식사를 하고 싶으면 아래층에 양해를 구해야 한다. 아래층 침대를 접어야만 공동으로 사용하도록 마련된 접이식 테이블을 펼칠 수 있기 때문이다. 한 사람이 먹을 때 같이 먹어 두는 것이 서로 편하기 때문에 웬만하면 식사 시간을 맞추게 된다. 정적을 견디지 못한 쪽이 먼저 말을 걸면 식사에 대화가 곁들여진다.

허름한 간이침대를 두고 두 사람이 같은 공간을 점유한다. 이동하는 동안 두 사람의 좌표가 중첩된다. 설원과 열차, 그리고 이층 침대. 영영 다시 만날 일이 없을지도 모르는 두 사람의 이상한 조우. 불편하면서도 의지가 되는 동행이다. 유대감이 생긴다. 열차에서 내리고 나서 두 사람은 서로를 떠올릴 수도 있다. 먼 훗날 문득, 침대가 삐걱거리는 소리와 함께.

○

시간, 그것은 항상 나에게 생각할 거리를 준다. 시간은 빠르게 흘러가 버리지만 그런 빠름 속 어딘가에서 갑자기 구부러지며 끊어지고, 그러다 보면 어느 순간에는 더 이상 시간이 존재하지 않는 것처럼 보이는 지점이 생긴다. 종종 시간은 커다란 새의 무리처럼 날갯짓 소리를 내며 날아오른다. 예를 들어 숲속에서 그렇다. 숲에서는 항상 시간의 날 갯짓 소리가 들린다. 그 소리를 듣고 나면 나는 기분이 무척 좋다. 더는 생각할 필요가 없어지기 때문이다. 하지만 대개는 상황이 전혀 다르다. 죽은 듯한 침묵뿐이다![9]

독서도 사색도 풍경을 바라보는 일도 어느덧 지겨워진다. 행복한데 권태롭다. 권태로운데 행복하다. 아무 때나 잔다. 불규칙한 잠이 하루를 흐트러뜨린다. 마냥 누워 있는 일이라면 꽤 자신 있다고 생각했는데, 여기서는 버거워지기도 하는구나.

꿈의 미로.
현실의 영사기.

영사기가 버벅거리며 돌아간다.
가가가벼벼벼운운운 소소음음이이 열차 복도를 돌아다니고 있나…….

한낮에 선잠에서 깬다.

위층 사내가 침대를 내려오는 걸 보고 잠시 일어나 아래층 침대를 접어 준다. 우리는 간이 테이블에 마주 앉는다. 그는 자신의 건장한 몸을 자리에 구겨 넣다시피 한다. 짙은 눈썹과 두꺼운 입술, 과묵해 보이는 턱선. 깊고 푸른 눈동자에 신중한 심지가 스며 있다. 이목구비를 조목조목 뜯어보면 조금 예민할 것 같은데, 전체적인 인상으로 보면 차분하고 수더분하다. 덥수룩한 검은 수염과 해묵은 손때가 그동안 쌓였을 그의 여독을 말해 준다.

나는 다시 책을 꺼내 읽는다. 사내는 낡은 구형 이어폰을 귀에 꽂고 턱을 괴어 창가에 어깨를 기댄다. 모국의 음악을 듣는 것 같았다. 알아들을 수 없는 노랫말을 들릴 듯 말 듯 흥얼거린다. 나이 든 나무의 몸통이 울리는 듯한 음성이다. 무슨 노래인지 궁금하지만, 잠자코 듣기로 한다. 시선은 종이 위 글자에 둔 채 사내의 음색에 귀를 기울인다. 잘 알아듣지 못해도 아름다운 노래가 참 많구나. 노래를 멈춘 그가 뚫어져라 창밖을 보며 껌을 씹는다. 초점 없는 눈으로. 말 없는 옆얼굴이 왜인지 쓸쓸해 보인다. 나도 고개를 돌려 창밖을 내다본다. 눈발 위에 자작나무 밑동이 수두룩하다. 잘려 나간 몸통이 군데군데 아무렇게나 쓰러져 있다.

잎을 완전히 다 떨군 나목들, 눈으로 뒤범벅되어 얽히고 설킨 덤불들, 무정하게 스쳐 지나가는 건조한 풍경들…… 그 황량한 신비로움이 다시 나를 어떤 공상 속으로 끌고 들어간다……

앞서가는 장발의 사내를 따라서
한낮의 눈발을 걷는다.
두 발이 푹푹 빠진다.
눈 밟는 소리
귓속에 서걱거린다.
귀가 시릴 만큼.

점점 더 깊이 빠진다.
발가락에 힘을 준다.
회색 늑대 같은 사내의 등허리를
무슨 뜻인지 알 수 없는 그의 손짓을 쫓아간다.
나의 시선은 사내의 어깨를 넘어 끝을 알 수 없는 숲속
으로 끌려 들어간다.
끝자락의 소실점을 향해서.
걷는 나는 분신이고, 거기에 나 자신의 본체가 있을 것처럼.
갈림길에서 떠나보낸 나 자신이 서 있을 것처럼.
험한 눈보라 속에 쓰러진 나무들
굶주린 동물들의 흔적을 지나 깊이 더 깊이
돌아 나갈 수 없을 것 같은 으슥한 곳까지
아주 오랫동안 걸어 들어간다.
정신을 똑바로 차리지 않으면 기절할 것처럼 피로해진다.
한참을 가다가 멈춰 서더니 갑자기
노래를 부르기 시작한다.
샤번의 노래일까?
그러자 온통 얼음뿐인 사막이 눈앞에 나타난다.
눈으로 보고도 믿기지 않는 그곳에서
설원은 겨울 하늘과 뒤집힐 것처럼 맞닿아 있다.
마침내 끝이라고 생각되는 곳에서
사내도, 나도,
사막도, 하늘도,
설원도,
스르륵……

완전히 자취를 감춘다.

사내가 폴더형 휴대폰을 꺼내 내게 화면을 들이민다. 영어로 번역된 러시아어 문장이다. 나의 국적을 묻고 있다.

Are you from Japan?

글쎄, 내가 어디에서 왔는지는 나도 몰라. 어디로 가야 하는 건지도 잘 모르겠어. 그걸 알기 위한 여정인지도 모르지. 하고 생각하며 다르게 대답한다.

No, Korean. And you?

사내는 키르기스스탄에서 왔다고 한다. 러시아에서 일하는 건설 노동자였다. 긴 출장을 마치고 모국으로 돌아가는 중이라고, 키르기스스탄 국경을 건너는 열차로 갈아타야 해서 오늘 밤 내릴 거라고 한다. 아까 흥얼거린 노래는 뭐냐고 물었더니 슬며시 웃어 보일 뿐 말해 주진 않는다. 더 나눌 이야기가 없어 대화는 짧게 끝난다. 그가 가방을 주섬주섬 뒤지더니 촉촉한 일회용 비닐 속에서 간식거리 같아 보이는 것을 건넨다. 한입 크기의 크레페였다. 안에는 크림치즈가 듬뿍 들어 있다. 거절할 법도 했지만, 열차에서 제대로 된 음식을 먹지 못했기 때문인지 바로 입맛이 돌아 흔쾌히 받아먹는다. 음식다운 것이 들어가니 미각이 살아난다. 줄어드는 게 아까울 정도로 맛있다. 열차 밖에서는 다시 맛

볼 수 없을 아름다운 맛이다.

내가 크레페에 정신이 팔려 있는 동안 그는 다시 고개를 파묻고 창밖을 내다본다. 피로감과 안도감, 그리고 약간의 공허가 섞인 눈빛으로. 남은 크레페를 씹으며 괜스레 그와 함께 헛헛해진다.

○

옴스크를 지나 튜멘으로 가는 중이다. 열차는 두 도시 사이 어디쯤에 있고 전체 여정의 중간쯤에 위치해 있다. 그런데 써 놓고 보니 어디쯤, 중간쯤이라는 표현은 조금 이상해 보인다. 현재를 설명하기에 충분하지 않은 느낌이랄까.(현재는 무엇으로 설명될 수 있을까? 설명될 수 있기는 한 걸까?) 없어도 되는, 굳이 하지 않아도 되는 말인 것처럼…… 그렇지만 역시 어디쯤, 중간쯤이라고 부연하지 않고서는 지금 여기, 내가 있는 현재를 설명할 수가 없을 것 같다. 시간이라는 강물에 휩쓸리는 동안 현재라는 감각은 너무 모호하다.(들여다볼 수 없는, 산맥보다 거대한 구체가 웅장하게 굴러가고 있다.)

○

가끔 나를 둘러싼 모든 것이 극도로 치밀하게 연출된 거대한 미장센 같다고 생각한다.

나는 모르지만 완벽하게 짜여 있는 시퀀스와 캐스팅, 그 안에 예정된 사건, 대사, 실제와 다를 바 없는 다양한 소품, 내가 모르는 내게 주어진 미션. 허락된 자유를 손에 쥔 나는 하나의 배역…… 시간은 째깍거리며 무미건조하게 지나가고…… 의도가 제거된, 나만 알 수 있는 예감이 하나둘 다가온다.

두 눈에 감긴 하얀 붕대를 풀고 어두워진 무대 위를 살핀다. 무수한 사건들을 일단 멈춰 세운다. 머리 위의 스포트라이트를 잠시 꺼 놓고 싶다.

○

시베리아 한복판에 있다. 설원을 횡단하고 있다. 좀처럼 적응되지 않는 그 단순한 사실이 지금 이 순간을 돌출시킨다. 아직도 수십 시간을 더 이동해야 하는데 그게 얼마만큼인지는 잘 실감이 나지 않는다. 시간은 물질이 아닌 감각이니까. 순간의 무한한 연속이니까. 열차 안에서는 지금이 몇시인지 몰라도 된다. 시간이 어떻게 지나고 있는지는 별로 신경 쓰지 않아도 된다. 밝으면 아침이고 어두우면 밤. 배고프면 먹고 잠이 오면 잔다. 단지 그것뿐. 이런 무용한 시간을 오래전부터 기다려 왔는지도 모른다. 운행 중에는 데이터 신호가 잘 터지지 않는다. 그러니까 당분간은 정말로 열차 안에서 일어나는 일들이 세계의 전부나 마찬가지이다. 어떤 것도 열차 안의 세계에 영향을 주지 못한다. 그 사실이 얼마나 아늑한 평화를 가져다주는지…… 벗어날 수 없는, 벗어나지 않아도 되는 공간에서 내게 허락된 작은 자유를 마음껏 누릴 수 있다는 것.

　내 침대 앞에는 마주 보는 이층 침대가 수직 방향으로 두 개 더 있다. 긴 복도를 사이에 두고 세 개의 이층 침대가 ㄷ자 모양으로 한 칸씩 차지하고 있다. 열차 한 량에는 서른 개 남짓의 침대들이 있다. 맞은편에는 러시아인 가족이 둘러앉아 있다. 왼쪽 아래층에 초등학생으로 보이는 남자아이가 있고 오른쪽 위층에 서너 살 정도 많아 보이는 여자아이가 있다. 오른쪽 아래층에는 두 아이의 보호자로 보이는 여자가 침대에 걸러앉아 두 남매의 행동을 살피고 있다. 같은 칸에 있으면 아무래도 계속 눈을 마주칠 수밖에 없다. 조금 어색해도 일단 말을 걸어 보고 싶어진다. 열차에 있는 동안은 이런저런 대화를 나누며 잘 지내 보고 싶기 때문이다. 더구나 누가 봐도 이방인의 행색이기에 다들 나를 흘깃거리는 게 느껴진다. 어린아이일수록 솔직하게 호기심이 드러난다. 내가 물건을 꺼낼 때마다 나를 곁눈질한다. 두 아이와 눈이 마주칠 때마다 나는 가벼운 미소를 지어 보인다. 남자아이가 누워 있는 왼쪽 위층에는 인기척도 없고 얇은 이불로 침대 안쪽이 보이지 않도록 가려져 있는데 자세히 보니 작은 얼룩 고양이 한 마리가 경계를 보이며 숨어 있다. 나중에야 그 고양이가 두 살이고 어두운 라임빛 눈동자를 가졌으며 전 세계적으로 유명한 러시아의 TV 애니메이션 「마샤와 곰」의 주인공 소녀와 이름이 같다는 것을 알게 되었다. 올려다보니 마샤가 이불 밑으로 고개를 빼꼼 내밀었다. 사람 같은 눈빛으로 나를 바라보았다. 나도 마샤의 눈동자를 가만히 바라보았다. 투명한 수정이 가득한 어떤 풍경이 그 안에 담겨 있었다. 테이블 위에는 물건들이 어지러이 놓여 있다. 러시아 철도청 로고와 횡단 열차 그림이 양각으로 장식된 스테인리스 컵홀더와 내열 유리컵 세 쌍, 다양한 맛의 일회용 티백, 쓰레기를 모아 둔 비닐봉지, 플라스틱 컵에 담아 둔 작고 귀여운 과일들, 끓는 물을 부어 먹는 즉석 간편식들, 먹다 만 초콜릿과 과자, 간단하게 즐길 수 있는 보드게임, 읽다 말고 뒤집어 놓은 책, 낙서인지 그림인지 모르겠는 것들이 그려져 있는 스프링 노트, 여섯 면이 다른 색으로 칠해진 정육면체 333 큐브, 케이블이 마구 뒤엉킨 이어폰.

열차는 전반적으로 쾌적하다. 불편하지 않을까 걱정했던 객차 복도는 두 사람이 나란히 겹치지만 않으면 널널했다. 다들 침대에 머무르는 시간이 길어서 겹칠 일이 잘 없기도 했다. 키 큰 사람이 다리를 복도 쪽으로 두고 있으면 누가 지나다닐 때 살짝 불편한 정도. 객차마다 한 명의 차장이 배정되어 있다. 간단한 음식, 물품을 구매하거나 궁금한 점을 물어볼 수 있다. 객차 앞쪽에는 끓는 물을 받아 올 수 있는 식수 장치가 마련되어 있고 그 옆에 차장이 업무를 보거나 휴식을 취하는 용도의 작은 공간이 있다. 요기를 하려고 컵 수프를 하나 샀다. 거스름돈이 부족하다며 2그램짜리 소포장 설탕을 몇 개 얹어 주었다. 포장지에 붉은색과 푸른색이 섞인 횡단 열차 그림이 그려져 있다. 여기서 커피를 마실 수 있는 것도 아니고 딱히 쓸 일은 없을 것 같았지만 나름의 기념품이 되겠다 싶어 버리지 않고 패딩 점퍼 주머니에 넣어 두었다.

돌아와 생각해 보니 묘하게 낯익은 얼굴이었다. 어디서

만난 적이 있나? 닮은 사람인가?

　루이스. 그녀는 수년 전 혼자 떠난 파리 여행에서 묵었던 마레 지구와 퐁피두센터 근처 에어비앤비의 호스트이다. 누벨바그 영화에서 본 듯한 부스스한 금발 펌에 살짝 처진 눈매와 온화한 미소가 꼭 닮았다. 다른 점이 있다면 조금 더 무게감 있는 차장의 목소리 톤. 체크아웃하던 날 루이스가 입고 있던 노랑색 패턴이 그려진 하늘색 원피스와 객차 머리에 서 있는 차장의 군청색 제복 차림이 극명하게 대비되었지만…… 루이스에게서 느꼈던 종류의 온화함이 그녀에게도 분명히 있었다. 그녀의 적당한 환대는 열차에 오르는 승객을 편안하게 해 주었다. 기본적인 존중과 배려가 몸에 배어 있는 사람은 누구에게나 따뜻한 기억을 남긴다.

　탑승하기 전 이르쿠츠크의 대형 마트에 들러 수일 치의 간단한 먹을거리를 사 두었다. 차를 자주 마실 것 같아 일회용 티백을 여유 있게 담았는데 종류가 꽤 많아 마음에 드는 세 가지 맛을 추리는 데 한참 걸렸다. 열차에 탄 지 시간이 꽤 흘러 커피가 너무 마시고 싶었는데 엇비슷한 향이라도 느끼고 싶어서 세 가지 맛 중 초콜릿 토피넛 향 티백을 골랐다. 뜨거운 물을 붓자 쌉싸름한 카카오의 단내가 가볍게 올라오고 뒤이어 견과류를 볶아 낸 듯한 향이 은은하게 퍼졌다. 입술을 모아 바람을 불어 열기를 식혔다. 첫 모금을 머금자 훈훈한 기운이 입과 코 주위를 휘감았다. 반팔을 입어도 될 만큼 열차는 따뜻하고 그래서인지 바깥의 추위가 잘 믿어지지 않는다. 벽 하나를 사이에 두고 전혀 다른 두 개의 시공간이 있는 것처럼. 이 벽 너머에 저 설원이 정말로 존재할까? 사실 이건 4K UHD니 어쩌니 하는 고해상도의 스크린이 탑재된 유리창이고 감쪽같이 설원의 영상을 재생 중인 게 아닐까. 외국의 호텔들에 가면 그런 영상을 틀어 주는 채널 있지 않나.

직접 보고도 믿어지지 않는 여러 가지 현상들에 대해 생각한다. 믿어지지 않는다고 해서 언제까지고 외면할 수는 없다. 내가 믿는 것이 곧 세계의 전부인 것은 아닐 테니까. 먼저 진심으로 믿고 난 뒤에야 가능해지는 일들도 있으니까. 벽에 갇혀 머뭇거리는 사이 어떤 믿음은 닿을 수 없는 과거가 된다. 시간 속으로 금세 멀어져 버린다. 여전히 믿기 어렵지만 이 벽 너머에는 정말로 설원이 존재한다. 이제 설원은 창밖에, 그리고 내 안에 동시에 존재한다.

○

물살이처럼 꼬리를 찰랑이며 뻗어 나가는, 생동하는 시간의 자태를 상상한다. 끝없이 이어지는 그것은 뿌리일까 가지일까. 강렬한 파도가 출렁이며 현재를 흔든다.

○

맞은편 소년이 말을 걸어왔다. 뭐라고 했는지는 기억나지 않는다. 실은 말을 건 쪽이 소년인지 나인지도 잘 기억나지 않는다. 기억이란 늘 그렇다. 정답을 모르는 퍼즐 같다. 무질서하게 흐트러진 퍼즐 조각들. 가끔은 믿고 싶은 대로 믿게 된다. 그래도 된다. 뭐가 중요한데. 왜곡일지라도 내가 믿는 것이 진짜다. 실제로 그런 일이 일어났으며, 그것만이 유일한 진실이라고 믿어 보는 것이다. 진위는 중요하지 않다. 기억은 진실과는 무관하다. 누구나 기억의 각본가이자 역술가이니까. 소년과 내가 대화를 나눴다는 사실 자체가 중요하다. 누가 먼저 말을 걸었는지는 중요하지 않다. ……라고 문장 바깥의 나는 생각한다.

몇 가지 짧은 질문과 대답이 오갔고 소년은 보란 듯이 손에 쥔 큐브를 굴렸다. 각 면에 같은 색 면이 모이도록 맞추고 있다. 현란한 손놀림에 금세 색깔이 맞춰진다.

You're really cool.

내가 감탄하자 소년은 씨익 웃어 보였다. 더 공격적으로, 자신감 넘치는 얼굴로 큐브를 굴렸다. 솔직히 그 정도로 놀랍진 않았는데 일부러 흥미로워 죽겠다는 얼굴로 구경하는 연기를 좀 섞어 주었다.

One more. One minute. Can you?

약간의 도발도 섞어서 아이폰의 타이머 화면을 보여 주었더니 어깨를 으쓱하며 큐브를 내게 건넸다. 아무렇게나 섞어서 다시 건넸더니 이 정도는 아무것도 아니라는 듯이 방금 전보다 훨씬 더 빠르게 손을 놀렸다. 나는 타이머로 시간을 쟀고, 오십 초 만에 큐브가 맞춰졌다. 나도 씨익 웃어 보였다.

소년은 자꾸 뭔가를 보여 주고 싶어 했다. 열차에서 만든 개, 소, 말, 호랑이, 코끼리 등의 종이접기를 꺼내 보였다. 코끼리 종이접기 위에 제 이름을 적더니 선물이라며 건네주었다. 블랏^{Blat}. 어렴풋이 기억이 나는 동서남북 종이접기를 만들어 구석에 내 이름을 적어 수었다. 소년의 어머니가 우리를 보며 웃고 있었고 위층 침대에 누워 관심 없는 척을 하던 소년의 누나도 아래층으로 내려와 끼려고 했다. 영어를 조금 할 줄 알길래 함께 간단한 대화를 나눴다. 마샤와 함께 소년의 조부모가 살고 있는 마을로 가는 중이라고 했다. 조부모 집에는 동물들이 많다고 했다. 맛있는 저녁 식사가 자기들 세 사람을 기다리고 있을 거라고 했다. 이름 모를 러시아 할아버지, 할머니의 환대를 상상하며 나에 대해서도 뭔든 말해 주고 싶었지만 막상 해 줄 수 있는 이야기가 많지 않았다. 언어가 다른, 곧 멀어질 이들과 무슨 이야기를 나눌 수 있을까? 아무 말이나 해도 되지 않겠냐만…… 그렇다는 건 결국 무얼 말해도 소용없다는 것 아닐까…… 꼭 어떤 소용에 닿고 싶은 것은 아니지만…… 단지 좋은 기억으로 남길 바랐다.

무슨 말을 더 했는지는 잘 기억이 나지 않는다. 그들은 알아듣기 어려운 내 이야기를 열심히 들어 주었고, 그때 세 사람의 눈빛은 여전히 눈앞에 보이는 듯하다. 어쩌면 나의 어떤 갈래는 그들과 다 같이 저녁 식사를 하고 있을지도 몰랐다. 대화를 멈추고 우리는 다시 각자의 견고한 시간 속으로 돌아갔다. 창밖은 꽤 어둑해져 있었다. 눈보라가 거셌지만 열차는 아무 일 없다는 듯 평화로웠다.

　○
　뭉근한 졸음이 쏟아진다.
　새로 등장한 입구에서 시간이 흩어지고 있다.
　멈춰 버린 순간들.
　그사이의 불길을 헤엄치고 싶다.
　어디로든 빠져들고 싶다.

　너는 영원해.
　우리는 진실돼.

　다가오거나 멀어지는 모든 것은 환영에 불과하다.
　잘 아는 척이라고 해 둘까.

　퍼즐을 곱씹는 동안 미래의 씨앗이 흩어진다.

　오래전의 나,
　바로 지금이라고 믿어지는 현재의 나,
　아주 먼 미래의 모르는 나.
　그걸 다 더하면
　원형 경기장이 솟아난다.
　가운데가 뻥 뚫린 우주 정거장 같은.

꿰뚫어
한데
겹쳐진
꿈속에
물속에 갇혀 있다.

고독의 아쿠아리움.

숨이 차질 않네.

팔을 휘젓고 발길질해 나아가지만, 한 치 앞을 분간할 수
가 없다.
거대한 급류가 나를 옥죄어 온다.

이건 너무 혹독하잖아.

점점 힘이 빠진다.
당장이라도 터질 것 같은 심장.
이게 심장인가?
내일 발견될 행성인가.
나의 이름은, 나의 성별은.

손발이 닿는 거리까지만 더듬어 살필 수 있다.
그게 전부야, 그건 절대 없어지지 않아.
닿은 사라지지 않아.

기억을 빼앗긴다.
감각도 빼앗긴다.

모래알 같은 광원들이 춤추고 있다.

시야에서 급속도로 멀어진다.

퍼즐이 가라앉는다.
다시는 가까워질 수 없을 것을 직감한 사람처럼 팔을 뻗는다.

무덤 없이 비석이 된다.

〇
페르난두 페소아는 유서에 썼다.

우리는 내일이
무엇을 가져다줄지 알지 못한다.

그런데 만약, 내일이 우리에게 무엇을 가져다주는 것이 아니라 내일로 예정된 하루를 우리가 통과하고 있는 거라면…… 조금 더 확신에 찬 눈빛으로 나아갈 수 있을까? 나의 선택이 곧 내일이자, 미래이자, 나 자신의 유일한 길잡이임을 의심하지 않을 수 있을까?

그래서 태연한 얼굴로 내일의 나라는 역할을 수행할 수 있다면, 나 자신이 하나의 수행문이 될 수 있다면.[10]

새 유서는 이렇게 쓰일 것이다.

내일은,
다가오면서,
멀어진다,
영원히.

○
오후가 어떻게 지나갔는지 모르겠어.
시간은 자꾸만 나를 앞질러 가.
나는 아직도 이쯤에 머물러 있는데 시간만 어느새 저만치 달아나 있는 거지.
또
멍하니
발자국을 찾아 헤매는 나.
발자국만.
어차피 누구의 것인지도 모르면서.
나는 바다로 가야겠어. 검은 모래사장으로.

북쪽의 오후는 생각보다 짧아서 금방 어둑해져.
카펫처럼 자라나는 저녁노을을 말없이 지켜볼 때가 있어.

그런 날이면 끔찍한 죽음도 두렵지 않단다.

나는 겨울 억새처럼 웃어 보일 거야.

열차는 드러누운 노을과 나란히 나아가고 있어.
내내 흐렸던 하늘이 서서히 닫히고 있어.
노을이 꽤 무겁다는 사실을 알고 있어?

너는 입을 다물지.

설원의 눈꺼풀 속으로 다
사라져 가는구나.

어떤 오후는 늘 수줍어하는, 말수가 적고 왜소한 아이
같아.

사랑이 눈꺼풀 너머로부터 틈입하는 거라면
열차는 도대체 어디로 가고 있는 걸까.
무엇이 우리를 다시 태어나게 만드는 걸까.

열차는 어디서나 같은 눈빛으로 나아가고 있어.
순서는 바뀌지 않지.
멈춰야 할 곳에서 멈추게 되겠지.
다시 나아가야 할 곳에서 나아가게 되겠지.

거인의 동공이 지상에 남은 빛을 집어삼키고 있어.

마지막 남은 경우의 수가, 한 세기의 창문이
이대로 닫힌다는 것.
새하얗게 장정된 아주 두꺼운 책 한 권이
사라락—
덮이고 있다는 것.
빛과 시간은
다가가는 만큼 달아나 버리지.

어떤 멀리 있음^{distance}은 우리를
그저 바라볼 수밖에 없는 존재로 전락시키곤 해.
바라보는 것과 나 사이의 측정 불가능한 거리감을 깨닫
게 만들지.
공간적으로나 시간적으로나.

설원 위에 찍힌 발자국이 보여?
너는 입을 다물지.

눈꺼풀은 점점 더 확고해지고
산불은 타오르고
눈물 산은 이제야 녹기 시작하네.

발자국도 다
사라져 가는구나.

○

시간은 빛으로 몸을 빚는다. 순간과 영원을 낳는다. 그리고 완전히 선명해지기 전에, 거의 100퍼센트에 다 도달했다고 믿게 될 즈음에, 다시 절대 영도의 심연 속으로 가라앉는다.

○

열차 안에서 지구의 자전을 상상한다.

(지구의 자전 속도는 점점 느려지고 있다. 지구가 스스로 한 바퀴를 도는 데 걸리는 시간은 백 년에 2/1000초씩 늘어나고 있다. 놀라운 사실이다. 우리가 아는 하루는 매일 조금씩 길어지는 중이다. 근데 그게 말이 되나?)

지구의 중심을 관통하는 거대한 자전축을 그린다. 횡으로 지상을 달리는 열차, 그 안에서 북적이는 사람들, 중력에 따라 굴러떨어지는 온갖 크고 작은 사물들, 얼음들, 끊임없이 충돌하고 변형되는 지각과 동맥처럼 뻗어 있는 전 세계의 산맥들, 중력에 포박된 드넓은 바다를 한꺼번에 그린다.

눈을 감고 심호흡한다.

눈꺼풀 안쪽의 어둠에 온 감각을 집중한다.

아주 깊은 곳에서부터 올라오는 묵직한 울림이 거기에 있다.

별의 고독한 공명.

이동하는 모든 것은 중첩되어 있다.
그 사이에서 나는
아무것도…… 아니다.
정말로 나는, 아무것도 아니다.
아무것도.
숨이 차갑다. 눈썹이 떨린다. 마른침을 삼킨다.
연기처럼 새어 나가는 허무를 느끼며 눈꺼풀을 들어 올린다.

○
이 철로는 수천 킬로미터에 달한다.
철로가 생겨나기 전 먼 옛날에
빼앗긴 자유를 되찾고 싶었던 사람들이 설원을 횡단하다 죽었다.
죽음은
설원 아래에 파묻혔고 긴 시간이 흘렀다.
또 무수한 죽음이 그 위에 쌓였다.
시간도 죽어서 함께 파묻혔다.
죽어 있는 차원.

창문 너머로 목이 부러진 나무들과 그 단면이 보인다.
나무는 그 자체로 묘비이다.
풍경이 시간 속의 비문을 낚아 올린다.

모든 창백한 이름들을
잊는다.
잊는다면
잊어도 될까?

세계는 유형지로
가득하고⋯⋯
시간은 그곳에 지울 수 없는 과거를, 새로운 폐허와
익숙한 불안의
징후를 남기고 떠난다.

오래된 적막의 냄새.
설원의 영원한 흉터.

죽음은 이미 다 바스러졌고 어디서나
새 삶이 태어난다.
태어난다면
정말로
그렇게 태어나도 될까?

○

열차는 정해진 노선을 따라 이동하면서 약속된 시간만
큼 역마다 정차한다. 분 단위의 시간표를 정확하게 지켜 나
간다. 그게 어떻게 가능한지는 모른다.

엔진을 점검하기 위해 잠시 정차하는 경우에도 얼마 안가 다시 원래 페이스를 되찾는다. 수천 킬로미터쯤 되는 거리를 수없이 왕복하다 보면 어지간한 변수는 통제할 수 있게 되는 걸까? 여러 번 살아 볼 수 있다면, 혹은 여러 번 죽어 볼 수 있다면 삶의 크고 작은 변수도 어느 정도 통제할 수 있게 될까?

열차의 앞쪽에는 A4 크기로 프린트된 시간표가 붙어 있다. 어림잡아 백 개 정도의 역 이름, 각각의 정차 시각과 출발 시각이 순서대로 표기되어 있다. 생소한 역 이름들은 마치 새롭게 발견된 행성의 이름들 같다. 어떤 지명을 보고 있으면 잘 모르는 곳이더라도 내가 이미 알고 있는 것들에 이런저런 상상이 더해진 나만의 공간 이미지가 떠오르곤 한다. 그런데 너무 많은 지명이 한꺼번에 나열되어 있다 보니 한 편의 난해한 시 같아서, 이미지보다는 역 이름을 이루는 문자 자체와 그 발음이 더 흥미롭다. 입에 착 감기는 이름을 발견하면 현지인 흉내를 내며 그럴듯하게 발음해 보기도 한다. 나중에 검색하면서 알게 됐는데 몇몇 이름은 바이칼 호수로 흘러 들어가는 강줄기의 이름을 따온 것이다.

강물의 여정을 상상한다. 산맥에서 호수 쪽으로. 오직 한 방향으로만 흐르는 물. 이동하는 물. 어느 산의 고원 지대에서 발원해 강 하구를 향해 굽이쳐 가는 물의 이동. 열차의 흐름과 강물의 흐름, 시간의 순류를 따라 미지의 하구로 향하는 나의 흐름까지. 이렇게 생각하면 미래는 참 괴괴하다.

하지만 강물은 알고 있다. 거스를 수 없는 방향성에 관한 비밀을. 실은 열차도 다 알고 있다. 영원할지도 모르는 시간의 비밀을. 나만 모른다. 그래서 나의 미래는 참 괴괴하다.

이르쿠츠크부터 모스크바까지 역 이름을 차례대로 발음하며 그 사이사이를 이어 나간다. 별과 별 사이를 잇는 희미한 빛줄기 같은 아름다운 연결이 지상의 철로 위에 생겨난다. 하나하나 발음해 본다.(블라디보스토크부터 이르쿠츠크 이전까지는 내가 탑승한 경로가 아니므로 생략하기로 한다.)

이르쿠츠크
앙가르스크
우솔리예시비르스코에
체렘호보
자라리
지마
키멜렐
쿠이툰
툴룬
니즈네우딘스크
타이셰트
레쇼티
팅스카야
잉가시스카야
일란스카야
칸스크에니세이스키

자오제르나야
우야르
크라스노야르스크(블랏의 가족이 이 역에서 내렸다.)
코줄카
아친스크
보고톨
마린스크
안제르스카야
타이가
유르가
볼롯나야
노보시비르스크(키르기스스탄에서 온 사내는 이 역에
서 내렸다.)
오비
바라빈스크
타타르스카야
카라친스카야
옴스크
나지바옙스카야
망구트
노보안드렙스키
마슬랸카야
이심
카라술즈카야
골리시마노보

오무팅스카야
자보도우콥스카야
얄루토롭스크
튜멘
탈릿카
카미슐로프
옐란스키
보그다노비치
예카테린부르크
페르보우랄스크
쿤구르
페름
멘델레예보
베레샤기노
케즈
발레지노
글라조프
키로프
코렐니치
스베챠
샤발리노
고스톱스카야
포나지레보
샤랴
만투로보

브란토브카

네야

니콜로폴로마

안트로포보

갈리치

부이

세크샤

류빔

다닐로프

야로슬라브스키

(이 구간의 총 거리는 약 5185킬로미터이다.)

역 이름이 연결되어 수천 킬로미터의 철로를 이룬다. 열차에 있는 동안 현재 위치가 어디쯤인지는 별로 중요하지 않다. 한 방향으로 나아간다는 원칙만이 중요하다.

역 이름을 구글링해 가장 먼저 노출되는 이미지를 저장한다. 수집된 이미지를 연속적으로 나열하면 이미지의 여정이 만들어진다. 거기에는 또 하나의 흐름이 생겨난다. 역 이름과 잘 어울리는 도시 풍경, 처음 보는 양식의 건축물들, 하얗고 푸른 강, 숲과 들판으로 이루어진 거대한 공간 시퀀스가 머릿속에 그려진다. 영화의 특수 효과처럼. 그 곁을 열차가 빠르게 지나가고 있다. 눈이 따가울 정도로 불쾌한 먼지 바람이 일고…… 열차의 영원 회귀. 그동안 수없이 반복했을 공간 시퀀스를 열차는 그대로 수행한다. 새로운 풍경과 흐름이 생겨난다. 생겨나고 또 생겨난다. 시간의 연쇄가 초래

하는 모든 현상은 웅장한 스케일의 퍼포먼스 예술 같다.

　○

이것 다음에 있는 그것, 그것 다음에 있는 저것.

……

빈 종이컵만 나오는 커피 자판기.

……

이것 다음에 반드시 그것이 있다. 그것 다음에 반드시 저것이 있다.

……

나는 재사용이 가능한 번호표를 손에 쥐고 유리문 앞에 선다.

시간은, 무한히 대기 중인 번호표의

무한한 기다림이다.

우리는 인과론적 사고방식으로 삶을 경험한다. 원인이 있고 결과가 있고 그 안에 질서가 있다. 그렇지 않은 사고방식에 대해서는 접근조차 힘들다. 만약 접근 가능하다면 삶은 완전히 새로워질까? 목적론을 믿는다면 혹시 기회가 생길까?

삶을 낱장의 사진으로, 과거—현재—미래의 구분이 아니라 그저 시간 덩어리로, 사건들의 집합이자 그것을 관통하는 하나의 맥락으로 받아들일 수 있을까?

○
문장을 왼쪽에서 오른쪽으로, 이렇게
위
에
서
아
래
로
읽지 않고 규칙을 완전히
벗어나 본다.
벗어나야만 돌아갈 수 있거든.
벗어나 봐야만 알 수 있는 미래들이 있거든.

종이들이 와르르 무너질 것 같다.
나는 투명한 함정에 빠진다.

생각은 자유롭게 재구성되고, 뒤집힌 흐름이 토막 나 발
작을 일으킨다.

책은 동시적인 서사이다.
손가락이 닿자마자 서랍 속 미래가 한꺼번에 쏟아진다.

이동이란 결국 돌아가는 일이다.
있던 곳으로 다시 또 나아가는 일이다.
시간을 등지고 나는 계속해서

나아간다.

뒤돌아보는 순간
뒤쪽에 있던 모든 것이 토막 나 있을지도 모른다는
불길한 예감과 함께……
이곳은 실감 나는 입체들로 이루어진 메타버스처럼
완벽하게 공허해.

나는 뒤돌아보지 않을 것이다.

멀리,
더 멀리
질서와 무관한
존재들로부터……
 갈피되지 않는 순간들은 너무나도 아름답다.

시간은 절^切하지 않아.

미로 속에서 우리는 반드시 누군가와 연결될 것이다.

영원히 한 올로 이어지는 것은 오직
시간뿐이라고 믿는다.

○
순간의 문을 밀어붙여 전진하는 말들
그냥
그저 그런 말들……

그래서 무한히 되돌아오는
밤 다음에 밤
얼굴 다음에 얼굴
사랑 다음에 영원
그런데
처음과 똑같은 것은
없으니까, 그러니까

아주 멋진 얼굴들이 집으로
가는 길목을
지키고
서서 자기들끼리 키득키득
수군거리고 있다

몸짓들이 굴러다닌다
날카로운 파찰음이 숨어 있는
철문을 열고 들어가면
거실 한가운데
모닥불이 울고 있다

불 앞에서는 누구나 소원을 빌려고 한다
다 타 버릴 텐데⋯⋯

잠깐 저기 창문에
뭐라고 쓰여 있는 것 같은데⋯⋯

너 보고 있어?
나 울 것 같아

수 세기 전의 첨탑 아래서 너는 말한다, 말하면서
멀어진다 시간 너머로

명 다음에 암
행 다음에 열
간격 다음에 마디
그리고

쉼표 끝에 붙어 있는 입술이 말한다 말하면서
벌어진다

듣고 있어, 너?

과거는 간격을 말하고
너는 들은 체도 안 하고
얼굴은 속내를 드러내지 않는다

(은유는 고래처럼 바다를 누빈다)

살아 있는 발음을 집어삼켰다

기적적으로 시간은 무효하고
결론은 그려지지 않는다

지난해 연인들의 산책을 기억하니?
그 첫인상을 묘사해 봐
오직 형용사로만
온갖 시늉들로만

결론은 제자리에 있었고
우리는 말들의 공원으로 걸어간다
없어진 창문에서
공원의 미래를 노래하면서
새로운 간격에 대해
말한다
침묵하라고
(몸짓이 소설처럼 시간을 누빈다)

새들이 깨진 영원의 파편을 줍고 있다

양손에 든 것은 우연일까
얼굴일까

지긋지긋한 현기증⋯⋯ 또 시작이네

만년설이 보이는
창문의
이미지를 꿰매고 있다

나 울 것 같아

○

바로 지금이나 다가올 미래보다는 이미 지나간 것들에
대해 주로 쓰려고 한다. 자연스러운 일이다. 쓰기 위해 강을
거슬러 오른다. 정확히 어디로 가는지도 모른 채 헤엄치며
기억의 상류로 간다. 어느 지점에선가 사건은 재현된다.

과거와 현재, 두 갈래의 시간대가 문장 위에서 잠시 겹쳐
진다. 문장 속 시점에 존재하는 과거의 나, 문장 밖인 지금
여기 시점에 존재하는 현재의 나. 둘은 동시에 나아간다.

찰나에 불과한 사건의 지평선 위에서 나는 반짝이는 단
어들을 받아 적는다. '지금의 나'와 '그때의 나'가 마주한 테
이블 위에서 문장은 탄생한다. 그때의 나가 사건을 재현하
면 지금의 나는 몰입한다. 일종의 관객이 된다.

회상하고, 발견하고, 나열하고, 덧붙인다.

다듬어지고, 건너뛰어지고, 정정되고, 결정된다.

실제가 아니라 문장이기 때문에 가능하다. 언제든지 되
감을 수 있고 고쳐 쓸 수 있다. 입맛대로 재구성할 수 있다.

복잡하다. 머리가 아프다.

마침표를 찍어 문장을 완성하고 나면 커피 잔은 이미 다 식어 있다.

얼어붙은 것은…… 기억이다.

○

열차는 멈추지 않는다. 설원은 죽은 듯이 잠들어 있다. 나는 어느 때보다 편안한 얼굴로 누워 있다. 앙상한 교목들에 둘러싸인 바다 근처 성당의 정적을 상상한다. 고요한 가운데 머나먼 종소리. 꿈은 아득해. 잠결은 포근해. 어둠은…… 유연해.

꿈의 커튼 아래 전지적 시점의 렌즈가 열차 안을 비춘다.

잠과 꿈…… 나는 깊어질수록 팽창하고, 깨어날수록 수축한다. 손을 뻗으면 실크 같은 어둠의 피부에 손가락이 닿을 것 같다. 소름이 돋는 순간 꿈이 다 깨어질 것만 같다.

나와 나 사이에 허공이 똬리를 트고 있다. 어둠이 무거운 만큼 내가 가벼워진다. 점과 선과 면으로 표현되지 않는 새로운 미지의 차원에서 내가 정말로 선명해진다.

어떤 중력을 느낀다. 기억이 하나씩 각인된다.

몇 쌍의 눈꺼풀이 열고 닫히는 미세한 소리를 듣는다.

차갑고 무거운 쇠 냄새가 난다.

우연히 닿을 때마다 소스라치는, 얼어붙은 살갗.

우아한 음소거……

어둠 속을 달리는 것은 멈추지 않는다. 멈출 수 없거나 멈출 줄 모르는 것들이 유의미하게 발견된다.

녹이 슨 진실은 무용하다. 있으나 마나 할 때가 많다.

하지만 나는 미래적인 빛이다. 선택에 무게를 두고 다양한 결론을 수집하는 취미가 있다. 이따금 골머리를 앓긴 하지만.

오래된 밤이 엄습한다. 언젠가 들었던 파도 소리가 귓가를 스쳐 지나간다. 커튼이 펄럭인다. 설원의 밤은…… 찬란하구나.

빛이 멈추지 않기에 나도 멈추지 않는다.

맹세코.

선택된 미래가 선명하다.

새벽이 새벽을 긁어낸다.

닫힌 눈꺼풀들이 다함께 늙어 간다.

○

열차는 지구의 표면을 달린다. 건설된 지 한 세기가 훌쩍 넘은 철로를 따라 적막한 설원을 가로지른다. 나는 눈을 감고서 그걸 부감으로 상상해 본다.

허공에 몸을 띄우고 열기구처럼 상승하며 지면을 내려다본다. 시야는 한없이 넓어진다. 온갖 지형지물이 눈에 들어온다. 지상의 소리로부터 멀어진다. 대지의 신 가이아가 누워 있는 듯한 산맥의 자태, 굽이치는 강줄기, 그리고 철로의 곡선이 한눈에 들어온다. 조금 더 여유롭게 내려다보기 위해 부드럽게 속도를 줄여 일정한 고도를 유지한다.

철도는 러시아 전역을 가로지른다. 총 길이는 9300킬로미터에 달한다. 지구의 둘레가 4만 킬로미터 정도 되니까 시발역부터 종착역까지 열차가 한 번 왕복하는 것은 지구를 반 바퀴 도는 것과 얼추 비슷하다. 왕복 말고 편도로만 가도 꼬박 일주일이 넘는 시간이 걸린다. 이를테면 블라디보스토크역에서 야로슬라브스키역까지 적어도 칠 일 동안은 열차를 벗어날 수 없는 것이다. 다시 말해 벗어나지 않아도 좋은 것이다. 적어도 열차에 있는 동안만큼은 열차 밖의 세계에 대해서는 완전히 잊어버려도 되는 것이다. 세계로부터 격리된 것처럼.

무심한 방관자의 얼굴을 떠올린다.

출발하기 위해 열차가 가속을 시작하면 몸이 젖혀진다. 내가 가볍게 느껴지면서 알 수 없는 해방감이 든다. 열차의 경쾌한 파찰음 속에서 무한을 느낀다.

간이침대라는 한정된 공간에서의 자유가 주어진다.

액자식 구성. 자유 속의 자유.

먹고, 마시고, 고양이 세수를 하고, 푹 자고, 주변을 관찰하고, 시간을 보내기 위해 책을 읽고, 나른하면 다시 잠이 들고, 하품도 실컷 하고, 끝없이 이어지는 매일 비슷한 풍경을 바라보고, 낯선 이와 인사를 하고, 몇 마디 말을 나누고, 슬리퍼 바람으로 열차에서 잠깐 내려 얼음장 같은 바람을 쐬고, 모든 것이 지루해질 때면 홀로 명상에 잠기고…… 아무튼 칠박 팔일 동안 자발적으로 고립되어 놀고먹기만 해도 아무도 뭐라 하지 않는 것이다. 아무 일도 일어나지 않는 것이다.

일주일의 시간이 지나고, 열차에서 내려야 할 때쯤 나의 좌표와 도시와 날짜가 바뀌어 있을 뿐이다. 몸만 일주일 정도 늙어 있겠지.

이동이란 그런 것이다. 실시간으로 좌표가 바뀌고, 이를 따라 시공간이 시프트된다. 열차에 탑승한 이유는 모스크바에 가기 위해서가 아니라 어디로든 이동하기 위해서이다. 비행기나 배나 버스였어도 마찬가지이다. 그게 얼마이든 나는 이동하는 시간이 하나도 아깝지 않다. 오히려 그 시간이 길수록 즐거운 긴장이 생겨난다고 해도 과언이 아니다.

다시 눈을 감고서 부감으로 상상해 본다. 점점 더 고도를 높이고, 내가 있는 열차와 한없이 멀어지고, 무인칭의 진공 속으로 끌어당겨지고…… 자그마한 설원이 몸을 일으키는 게 보인다.

○

러시아 극동의 중심지 블라디보스토크에서 반대편에 위치한 러시아의 수도 모스크바까지 비행기를 타고 가면 아홉 시간이 걸리는데, 횡단 열차를 타고 가면 150시간이 걸린다. 열차는 블라디보스토크를 출발해 북상하면서 하바롭스크를 경유한 뒤 서쪽으로 방향을 튼다. 중국과의 국경을 반시계 방향으로 회전하면서 바이칼 호수가 있는 시베리아 설원의 초입으로 향한다. 그다음 이르쿠츠크를 거쳐 시베리아 전역을 관통해 지나간다. 나는 철도의 중간 지점인 이르쿠츠크역에서 열차를 타기 때문에 서쪽의 모스크바 방면으로 탈지 동쪽의 블라디보스토크 방면으로 탈지를 정해야 했고, 잠시 고민한 다음 동쪽에서 서쪽으로 향하는 이르쿠츠크발 모스크바행 노선을 선택했다. 막연한 상상이긴 하지만…… 그렇게 이동하면 마치 시간을 거슬러 가는 듯한 기묘한 경험을 할 수 있을 것 같았기 때문이다. 무슨 이야긴지 조금 더 자세히 살펴볼까.

협정 세계시를 기준으로 모스크바보다 동쪽에 위치한 이르쿠츠크의 시간은 모스크바의 시간보다 다섯 시간 빠르다. 이 도시의 시간이 저 도시의 시간보다 상대적으로 빠르고 느려서가 아니다. 이건 그냥 어디까지나 지구라는 테두리 안에서의 약속일 뿐이다. 지구가 시속 1600킬로미터로 자전하고 있기 때문에 일어나는 일이다. 이르쿠츠크의 시계가 오전 3시(UTC+03)를 가리킬 때 모스크바의 시계는 오전 8시(UTC+08)를 가리킨다. 지구는 계속 자전하고 있으므로 지역마다 시간대가 달라 시차가 생기고 날짜변경선[11]에 따라 각 지역의 날짜는 순차적으로 바뀐다. 그러니까 이르쿠츠크에서 모스크바로, 즉 동에서 서로 움직이는 방향으로 열차를 타게 되면 평균 시속 110킬로미터로 시차를 거슬러 가게 되는 것이다. 열다섯 시간마다 종착역인 모스크바와의 시차가 한 시간씩 줄어드는 신기한 일이 일어난다. 열차를 타고 시간 기둥을 하나하나 지나쳐 가면서 물살을 거슬러 올라가는 감각을 경험하게 되는 것이다. 물론 터무니 없는 이야기이다. 물리학에서 비롯된 다양한 이야기를 좋아하지만 솔직히 어려워서 자세히는 잘 모른다. 위 이야기는 그냥 시차로 인한 착각에 내 상상을 불어넣은 데 불과하다. 하지만 일정한 속도로 달리는 열차에 오래 머무르다 보면 시계가, 시간이, 그냥 규칙적으로 바뀌는 숫자들의 집합처럼 느껴진다. 이게 다 정교하게 창조된 가상 세계의 일부인 거라면?

시간이라고 믿던 관념에 균열이 생기기 시작한다. 내가 믿던 것이 하얗게 날아가 버린다. 새로운 세계를 암시하는 사유 속으로 빨려 들어간다. 상대성 이론에 따르면 우주의 시간 태엽은 유일하지 않다. 각각의 시간이 독립적으로 존재하는 것이다. 그게 무엇을 의미할까? 시간은 정말로 무엇일까? 우리가 믿는 대로 영원히 그렇게 작동할까? 만약 시간이 인간으로서 이해 가능한 범주를 완전히 벗어나 있는 것이라면?

> 인간이 이해할 수 없는 것과 마주칠 때, 그것은 종종 자기 자신과의 마주침이다. (……) 사물과 인간 속의 이해할 수 없는 것은 서로가 서로에게 속해 있다. 홀로 남겨지자마자, 이해할 수 없는 것들은 서로 대화를 나누기 시작한다.[12]

수십 개의 시간 기둥을 경유하는 열차 안에서 나는 몇 번이고 나 자신을 마주친다. 시간에 대한 닿을 수 없음, 그 불가능한 파고듦이 나를 한 톨의 먼지로 돌려놓는다. 이것

은 아찔한 마주침이자 끝없는 대화의 시작이자 홀로 남겨짐
délaissement13)과의 필연적 대면이다. 시간은 영원히, 우두커니,
관객 없는 무대의 무용수처럼 서 있을 것이다. 손가락 하나
까딱하지 않고도 무대를 지배할 것이다.

열차가 이동하는 동안 여전히 해는 뜨고 진다. 세상은 어
두워지고 밝아지기를 반복한다. 잠들 수 없는 새벽마다 시
간의 동공이 나를 지켜보고 있다. 입술이 바싹 마른다. 세계
는 불가해하고, 그래서 아름답다.

○

현재에 얽매여 있다. 열차는 얼어붙은 트랙을 달리고 있
고, 출발지와 도착지, 두 장소의 시차만큼 현재는 소외된다.
그러므로 나는 어디에도 존재할 수 없고 시간의 진공 속을
부유하는 유령이 되어 벗어날 수 없다.

○

나는 보려고 하지 않고, 그저 봅니다…… 둘은 다른 거
예요…… 어떤 일이 일어나면, 그건 그저 일어날 뿐입니
다…… 나는 그걸 찾으려 하지 않아요.(I don't look, I
see…… That's two different things…… It happens, it
happens…… I'm not looking for it.) 알다시피 어떤 경
우에든 우리 안에는 무언가가 늘 만들어지고 있습니다, 그
게 무엇이든지요. 사진을 위해 뭔가 많은 일을 할 필요는

없습니다. 어차피 그건 불가능해요.[14]

유튜브 보관함에 저장해 놓고 종종 찾아 보는 오래된 영상이 하나 있다. 1982년 파리에서 촬영된 안드레 케르테스의 거리 인터뷰이다. 부스스한 흰머리에 클래식한 레인코트를 걸친 안드레와 함께 비가 추적추적 내리는 파리 시내를 거닌다. 그는 코트 안쪽에 작은 카메라 백을 매고 낡은 카메라의 수동 렌즈를 이리저리 조작하며 셔터를 누르고 있다. 카메라를 제대로 보지도 않고 함께 걸으며 이런저런 이야기를 들려준다. 육십 년 전 파리의 여러 공원에서 찍은 벤치 사진을 회상하기도 하고, 어느 카페에서 사진 「시청 앞 광장의 키스」로 유명한 로베르 두아노를 만나 짧은 대화를 나누기도 한다.

안드레가 건네는 이야기 속에서 여전히 종종 되새기곤 하는 인상 깊은 말이 있다. 첫머리에 적어 둔 것처럼 그는 눈앞의 현재와 목도한 지금 이 순간을 '보려고 하지' 않고 '그저 본다'. 보려고 하지 않고 그저 본다니, 처음에는 이 두 가지 말이 뭐가 다른지 한참 생각해야 했다. 그저 본다…… 그러니까 그가 사진으로 포착하려던 것은 '숨죽여 기다려 온 어떤 순간'이 아니라 '지나가다 우연히 마주친 순간' 같은 건지도 모른다. 안드레의 사진에는 포착이라는 단어가 어울리지 않는 것 같다. 순간의 포착보다는 시선의 경험을 추구했던 게 아닐까. 그래서 그렇게 아름다운 사진을 남길 수 있던 게 아닐까.

나름대로 애를 써 보지만, 보지 않기 위해 애를 쓴다는 것이 작위적이다. 모순 같다. 그래도 해 보고 싶다. '보려고 하지 않고' 싶다. 계속 곱씹고 염두에 둠으로써 조금이라도 덜 작위적일 수 있다고 믿는다. 덜 작위적일 때 더 아름답다고도 믿는다. 별다른 목적 없이 발이 가는 대로 걷기, 걷는 동안 보이는 것을 보기, 시선을 시선 그 자체로 두기, 불필요한 생각과 의도를 덜어내기, 과거와 미래에 대해서는 완전히 잊어버리기, 억지로 무언가를 준비하지 않고 현재에 있는 그대로를 받아들이기, 그러는 동안 마음속에 나타나고 창조되는 것들을 유심히 관찰하기. 이와 같은 단순 명료한 사고방식으로. 별것 아니지만 꽤 요긴한 자기 단련을 통해.

끊임없이 우리는 어떤 것을 본다. 보려고 하지 않아도 보게 되고 보고 있고 볼 것이다. 보는 행위는 우리가 깨어 있는 시간의 대부분을 차지하는 일이니까. 만약 안드레가 말하는 시선을 평소에 지닐 수 있다면 모든 현상에 약간의 거리를 두고 조금 더 명료하게 바라볼 수 있을 것 같다. 그렇게 세상을 경험하고 싶다. 이해되지 않아도 애서 이해하려고 하지 않는 것. 의도 없이, 개입 없이, 그저 바라보는 것. 그와 동시대 사진가인 윌리 로니스는 또 이렇게 썼다.

보통, 나는 일어나는 것은 아무것도 바꾸지 않는다. 그저 바라보고, 기다린다. 어떤 사진이든 그냥 그 상황의 인상에 따른다. 내 순간성을 잡을 수 있는 좋은 위치만 찾으려고 애쓸 뿐이다. 실재가 더 생생한 진실 속에 드러나도록. 그것은 시점의 쾌락이다. 때론 고통이기도 하다. 일어나지 않은 것을, 혹은 아직 일어나지 않은, 일어날 일을 바라는 것이

기 때문에.[15)]

훌륭한 사진가들은 우리 앞에 놓이는 무수한 순간들에 대해, 나아가 그것의 연장인 시간 자체에 대해 잘 아는 것처럼 보인다. 사진을 찍기 직전, 셔터를 누르는 바로 그 순간, 찍고 난 직후 결과물이 된 사진⋯⋯ 그들은 반복적인 셔팅 경험을 통해 순간을 순간 자체로 응시하는 방법을 터득하고, 그 안에서 자기만의 고유한 순간성을 느낄 수 있게 된 것 같다.

현재는 각자의 시선과 시점으로 드러난다. 나와 동일한 현재를 마주할 수 있는 타인은 없다. 어떤 누구와도 현재를 공유할 수 없고 현재에 관여할 수 없다. 현재는 배타적이다. 생생한 현상들 앞에서 내가 마주한 순간들은 모두 고유하다. 우리는 시간이라는 감각만을 어설프게 공유한 공동체인 것이다.

격리된 어두운 극장 한 칸에 한 명씩 앉아 있고⋯⋯ 영사기에 끼운 필름처럼 각자의 모든 순간이 끊임없이 흘러 들어오고 있고⋯⋯ 째깍째깍 똑같은 시계 소리⋯⋯ 나는 하얀 장막처럼 펼쳐진 설원 위에서 하나의 거대한 시간 축을 본다. 그저 본다. 이제부터는 쉽게 동요하거나 당황하지 않을 것이다. 이 겨울의 여정 속에서 많은 것을 발견하고 있다. 빛나는 무언가가 마음 안에서 소성되고 있다.

○
기억에는 공백이 있다,
눈엣가시 같은 것: 일곱 개의 장막…
나는 너를 따로—기억하지 못한다.
윤곽 대신—하얀 공백.[16)]

비탈 같은 겨울을 걸으며 미끄러지지 않는 법을 배운다. 쓸쓸한 그림자처럼 넘어져 보기도 한다. 햇빛을 피해 비스듬히 살아가고 있다. 온갖 종류의 괴로움과 부끄러움…… 공허한 관계들…… 원형을 알 수 없게 되어 버린 기억의 파편들을 헤집는다. 나는 기억을 고립시킨다. 이것은 관성이다.

매일 흐릿해지는 윤곽을 덧칠한다. 자조적인 눈으로.

사건은 언제나 분명하다. 어느 상처투성이 하루를 생각한다. 몇 해 지나 감정의 뼈대만 남아 버린.

녹기 시작한 눈덩이처럼 뭉그러진 시간의 형체를 매만진다. 어떻게든 건져 올리려고…… 쓰다듬고 기도하고…… 떠오르는 것은 어차피 모두 단편적인 이미지에 불과한데.

기억은 과거가 아니다. 순서는 언제나 우연이다. 어떤 것이 다른 어떤 것보다 먼저인지 나중인지, 혹은 어느 쪽도 상관없는지.

이미 결정된 테이프는 수정될 수 없고 기억들은 늘 우연히 섞인다. 거기에 우리는 회반죽을 덧칠한다. 먼저 제소를 펼쳐 바르고. 회상을 중심으로 이야기를 풀어 나가는 영화들이 그러듯 선명하게 갈무리된 몇 개의 순간들에 의지해 나아간다.

플래시백. 플래시백. 플래시백. 랜덤한 의식의 흐름을 따라.

빈방은 계속 비워 둔다.
기억에는 원래 빈방이 많기 때문이다……
비어 있다.
공백. 플래시백. 공백. 플래시백. 공백.
윤곽 대신 하얀 공백.

덮어씌워진 기억은 새하얗다. 먼지가 풀풀 날리는 오래된 커튼을 걷어 낸다.
겨울은 흐르던 것을 얼어붙게 한다. 시간도 웅크리게 한다. 단단한 표면을 두드린다. 계절을 느리게 보낸다. 조금만 더 천천히…… 아주 조금만 더…… 너는 거기서 꿈쩍도 하지 않는다. 제각각인 너.
얼굴도 목소리도 한겨울 호수를 깨부수지 못한다.
기억의 성엣장들…… 매몰된 감정이 깊숙한 곳에 얼어붙어 있다. 그건 비어 있다. 빈방에 회반죽칠을 한다. 제소를 좀 더 곱게 펼쳐 발랐어야 했는데…… 플래시백은 얼음처럼 깨진다.

○
한발 늦게 깨닫는 사실들.

기억은 시나리오다. 언어는 무력하다. 시간은 녹지 않는다.

○
그곳은 존재하지 않아, 그곳은
존재하지 않아,
설사 내가
시간의 끝까지 걷는다 해도
나는 그곳에 도달하지 못할 거야,[17]

　자작나무 숲은 명백하다. 수천수만 년 동안 숨죽인 채 엎드려 있다. 깨끗한 설탕과 풍성한 콜리플라워. 아삭아삭한. 한밤중의 자작나무 숲은 카지미르 말레비치의 「절대주의 구성: 흰색 위의 흰색」의 마르고 갈라진 표면 같아.

　오랫동안 방치된 오갈 데 없는 나무들이 겨울잠을 공유한다. 서로의 꿈을 두드려 갈라진 꿈을 하나로 합친다. 우리가 사물을 주목할 때 주목받지 못한 사물들은 자기 자신을 은닉한다. 영혼들이 도망친다. 세계로부터.

　정직하다고 말할 수 있는 좌표 공간에서 나무들은 절대적으로 자리를 지키고 서 있다. 푯말도 없이. 자리를 바꾼다면 그것은 왜일까? 자리를 바꾼다고 뭐가 달라질까?

　열차의 기관사는 그대로일까? 이미 정해 둔 시간표에 맞게 교대 중인 것은 아닌지…… 꿈에서 꿈으로…… 그렇다면 바로 직전의 차장은 어디로 갈까? 잠시 비워 둔 내 자리는…… 처음 이 열차에 탈 때 나를 검표하던 차장은 여전히 근무 중인데…… 혹시 모르지. 내가 잠들어 있는 사이 크라스노야르스크의 차장과 노보시비르스크의 차장과 옴스크의 차장과 예카테린부르크의 차장을 비롯해 몇 명의 똑같

은 루이스가 이미 정해 둔 시간표에 맞게 교대 중인지도. 존
재는 부재와 교대한다. 그러니 모든 것이 무대 위의 춤과 연
극일지도.

　사랑은 오직 사랑하고만 교대한다.

　나는 누구와? 교대하고 싶어? 나 자신과? 태어남과 죽
음이 한 번의 교대라면, 윤회란 타자와의 무한한 교대일까?
시작점은 모른다. 그렇다면 첫 번째 교대는 언제 이뤄지는
거야? 시작점이 존재하지 않는다면 모든 시간은 환상이나
다름없을 텐데. 나 자신과의 교대는 정말로 가능할까? 그것
이 바로 미래일까?

　내가 낳고 있는 것은 영원회귀일까?

　무한이란 단순 반복인 거야.

　첫 번째의 내가 까마득해, 어느새.

　그냥 지루해.

　눈을 한 번 깜빡인다.

　눈눈을을 한한 번번 깜깜빡빡인인다다.

　눈눈눈을을을 한한한 번번번 깜깜깜빡빡빡인인인다다다.

　눈을 무한히 깜빡였다.

　깜빡일 때마다 열차는 다음 프레임으로 나아간다. 프레
임과 프레임 사이에 끼인…… 변하는 것과 절대로 변하지
않는 것 사이에 존재하는 열차와 나는 겹겹이 포개진 채 이
동하는 중이다.

　영원의 단면으로 천착해 들어간다.

　걷는다. 무시무시한 블랙홀의 안쪽으로. 점 하나가 확장
된다. 절대주의 구성. 타원 위의 타원. 시간의 소용돌이가

모두를 집어삼킨다. 우리는 가속한다. 차원이 무너지고 있어. (약 기운이 퍼진다.) 걷잡을 수 없을 거야. 굉음이 울린다. 이대로 이탈한다면…… (시간의 분진이 휘날린다.) 몇 번의 기침 소리. 눈을 뜰 수 없어! (섬광이 번쩍인다.) 소음이 잦아들고 정적이 찾아온다.

열차는 서서히 속도를 늦춘다. 중력이 정면에서 나를 끌어당긴다. 거기에 몸을 맡기면 한없이 평온해진다. 열차가 완전히 멈춘다.

그곳은 존재하지 않아.

마을이 보인다. 익숙한 공간에 들어서는 듯한 착각. 카스텔라 같은 눈이 지붕을 덮고 있다. 눈을 치울 생각은 없어 보인다. 집집마다 피어오르는 저녁연기를 보며 어떤 계절의 무게를 생각한다.

시간성^{temporality}. 이 단어는 검은 종이에 흰 글씨로, 같은 자리에 반복적으로 적힌다.

헤라클레이토스는 "완전한 몰입이야말로 세상의 주인이자 시간 그 자체이다."라고 말했다.

나는 아무렇게나 휘갈겨 적는다.

우주는 시간성과 공간성의 접점을 통해 이해될 것이다. 이해할 수 없는 관념들에 몸서리친다.

하얀 개 한 마리가 불규칙한 타원을 그리며 지붕 밑을 뛰놀고 있다. 신성한 나무 아래에서 노인이 된 샤먼이 속삭인다.

"저 마을은 아직도 전기가 들어오지 않아. 수십 년 전부터 오직 하나의 가문이 대대손손 마을을 이루고 있다네. 저들이 곧 마을이고, 마을은 곧 저들이지."

노을은 느리게 돌아누우며, 설원 위에 뻗어 있는 온기를 거두어 간다. 빛의 융단이 썰물처럼 퇴장하고 있다. 밤은 매번 약속보다 이르게 찾아온다. 애석하게도.

○

이곳 사람들은 키가 너무 크다. 간이침대 끄트머리 복도 쪽으로 발이 다 튀어나와 있다. 복도 끝에 있는 화장실을 다녀오면서 이들의 발끝에 몸이 닿지 않으려면 최대한 벽 쪽으로 몸을 밀착해서 걸어야 한다. 발 냄새가 고역이다.

어른들은 책을 읽거나 음악을 듣는다. 멍을 때리거나 낮잠을 자면서 시간을 죽이기도 한다. 아이들은 원숭이처럼 여기저기 매달려 논다. 눈이 마주치면 수줍어하면서 까르르 까르르한다. 자기들끼리 소곤소곤거리는데 알아들을 순 없어도, 대충 무슨 말인지 알 것도 같다.

수시로 낮잠을 잔다. 너무 많이 자서 온종일 몽롱하다. 몇 번이고 숲을 탐험하는 꿈을 꾼다. 헤매고 또 헤맨다. 꿈의 문턱에 걸려 넘어져 잡고 있던 손을 놓친다. 기억을 잃어버린다. 숲의 한가운데로 들어서면 세계는 돌연 밝아지고, 나는 현실로 돌아온다. 반쯤 감은 눈으로 창밖을 본다. 눈과 귀를 꼼지락거린다. 시간에 얽힌 전설을 생각한다. 빛나는 겨울의 정령들을 만난다. 까르르까르르. 쉿, 들키면 안

돼. 기척을 지우고 과거의 나를 뒤따라간다.

오랜 시간 누워만 있던 거대한 설원이 몸을 일으켜 세운다. 땅을 뒤흔들어 흔적을 다 덮어 버린다.

열차는 숲을 지나가고 있다. 숲 다음에 숲, 다시 숲 다음에 숲, 또 숲 다음에 숲…… 하나의 숲을 지나면 거의 비슷한 모습의 새로운 숲이 나타나고…… 경계가 불분명한 수천수만 개의 숲이 무한히 이어져 있다. 꿈일까. 군락일까. 실은 모두 하나의 숲이 아닐까. 설원이 보여 주는 환영인지도 몰라. 발을 들이는 누구나 걸려들 수밖에 없는 샤먼의 함정 같은 것. 나무들이 하나둘 쓰러진다. 기억은 이대로 무너질까. 출구는 어디에. 이 터널을 빠져나가면 나는 그림자를 되찾을 수 있을까. 시간의 발끝에 몸이 닿지 않고 무사히 지나갈 수 있을까.

○

꼿꼿한 자작나무와 부러진 자작나무와 쓰러진 자작나무와 우아한 자작나무와 빛나는 자작나무와 거친 자작나무와 맑은 자작나무와 웃자란 자작나무와 긴장한 자작나무와 엎드린 자작나무와 괴팍한 자작나무와 과묵한 자작나무와 유연한 자작나무와 소외된 자작나무와 늙은 자작나무와 진실된 자작나무와 영악한 자작나무와 겸손한 자작나무와 새침한 자작나무와 건강한 자작나무와 어설픈 자작나무와 성급한 자작나무와 울적한 자작나무와 방금 막 쓰러진 자작나무와 혼자만의 세계에 갇힌 자작나무가 침묵을 깨고 노래를 부르기 시작한다.

이들의 대열에는 어떤 규칙도 없어 보인다. 불규칙한 일련의 자작나무들은 피카소와 브라크의 큐비즘을 연상시킨다. 이들은 겨울이라는 계절의 이미지와 섞여 버린다. 고요하게 분투하는 나무들의 시간을 나는 이해할 수 없을 것이다. 흩어지는 숲의 시간성을 나는 영영⋯⋯

헤아릴 수 없을 것이다.

그럼에도 용기가 솟는다.

그걸 품속에 감추고서 아무렇지 않은 척 걷기로 한다⋯⋯

비스듬한 풍경 속에서 나무들은 저마다 조금씩 기울어져 있다. 키는 큰데 하나같이 앙상하다. 뻣뻣하게 모여 정면을 보는 가족사진 속 구성원들처럼 빽빽하게 늘어서 있다.

어떤 나무들은 이곳의 시간에 결박당한다. 몸통에 연대기가 새겨져 있다. 시간도 희망처럼 증식하리라. 구원자가 나타나 시간의 기둥을 뽑아 가리라. 한 무리의 나무는 서로의 의중을 읽을 수 있다. 숲에서 위험해, 조심해라고 말하는 나무들의 언어가 공기 중을 떠다닌다.[18] 초록빛 말들이 둥둥 떠다니고 있다. 빛으로 호흡하는 나무들의 대화를 상상한다.

잠시나마 영원해지고.

색채를 잃어버린 또 다른 숲에서는 은둔자의 투명한 곁눈질이 돌아다닌다. 순수한 이성만이 존재하는 백색의 땅. 이곳에서 죽음은, 사건이 아니라 시간의 일부이다. 있으나 마나 한.

붉은 기운이 멀어진다. 바짝 엎드려 있던 어둠이 냉랭한 몸을 일으켜 세운다. 어둠이 숲을 삼키고 숲은 전부를 내어 준다. 자연은 말없이 완벽하게 다스린다. 기꺼이 지배당하리라. 그러지 않으면 희망은 사라지리라.

눈꺼풀이 말을 걸자 숲이 눈을 뜬다. 번쩍.

차창에 비친 내 얼굴이 하얗게 질려 있다.

듣고 있니. 우리는 지금 먼 우주로 가는 중이야. 정확한 좌표는 중요하지 않아. 끝까지 가서 돌아올 수 없더라도.

내가 말을 걸자 나무가 눈을 뜬다. 번쩍.

나무들은 여전히 제자리에 서 있다. 시간을 지키고 서 있다. 말없이 완벽하게. 내일도 모레도. 수십, 수백 년의 시간이 지난 뒤에도 그럴 것이다. 결박당한 시간의 몸통을 나는 영영……

헤아릴 수 없을 것이다.

그럼에도 용기가 솟는다.

그걸 품속에 감추고서 아무렇지 않은 척 걷기로 한다……

누구나 시간에 사로잡힌다. 하나의 정신으로서 지구의 자전 주기를 받아들인다. 이해할 수 없으므로 이해하는 척한다. 오랫동안 그렇게 해 왔기 때문에 어려운 일은 아니다. 나 자신을 속인다. 나쁜 일이 아니다.

열차는 시간에 사로잡힌다. 그림자가 끝없이 길어진다. 길어지고 또 길어져서 좌표를 잃어버리면 언젠가 미래에 가 닿는다.

포기하지 마.

품속 용기를 빼앗길 때마다 그림자는 짧아진다.

열차는 강줄기 위의 교량을 건너고 있다. 얼음장 같은 안개 속으로 시간의 알갱이가 흩뿌려진다. 강의 비늘이 뒤채인다. 나는 자꾸만 뒤척인다. 너는 강물에 휩쓸려 가서 끝없이 흘러간다.

어제와 오늘이 뒤틀려 있고 도시는 영원히 잠기어 있다. 동사한 사람에게 덮어 둔 백색 모포처럼. 시간을 빼앗긴 것은 금세 얼어 죽는다.

시간의 하구를 향해 간다.

열차는 강 건너의 도시로 진입한다. 간간이 빠르게 스쳐 지나가는 자동차의 불빛이 이곳이 죽은 도시는 아니라고 말해 주는 듯하다. 열차는 얼어붙은 풍경에 새로운 숨을 불어넣는다. 열차가 정차하면 누군가는 내리고 또 누군가는 열차에 오른다. 우리는 시간의 공동체이고 공동체였고 공동체일 것이다.

열차는 아랑곳 않고 다시 출발해 내달린다. 날짜변경선에 걸리지 않기 위해 서둘러 도망쳐 간다. 무언가의 반대쪽으로.

소뇌에 문제가 생기면 시간이 얼마나 흘렀는지 스스로 판단할 수 없다고 하는데, 어쩌면 그건 다른 의미로 다시 태어나는 것이지 않을까?

커브를 돌고 있다. 계속해서. 끝없이.

중력이 얼마간 사라진다.

빛의 얼굴을 목격한 최초의 인간이 등장한다.

감춰 둔 용기를 꺼낸다.

다짐은 실패한다. 추억은 공허하다. 과거의 반대 방향으로 멀어지고 싶다. 미래적으로 혼자 있고 싶다. 작아지고 또 작아지는 무수한 자작나무들의 발자국 소리. 나는 뒤돌아보지 않을 것이다.

낯익은 감정들이 밀봉되어 있다. 서랍이 열리는 날 베일이 벗겨질 것이다.

○

땅이 비옥하거나 척박하거나 나무들은 자란다. 나무가 자라고 있기 때문인지 아니면 거기에 시간이 흐르기 때문인지…… 나무가 자라는 곳에 시간이 존재하는 건지 시간이 존재하는 곳에 나무가 자라는 건지…… 무엇이 먼저인지 나는 알지 못한다. 혹독한 날씨가 시간을 얼어붙게 할 수 없다는 사실만이 내가 아는 전부이다.

나이테는 조용히 생겨난다. 물고기의 비늘과 귓돌, 척추뼈에서도 나무의 나이테와 흡사한 둥근 고리 무늬가 나타난다. 자연은 자연의 방식으로 시간을 이해한다.

○

오십 년 간 36만 평 45만 그루의 편백나무 숲을 호위해 온 경남 하동의 숲지기 이야기를 다룬 다큐멘터리를 보았다. 2대, 3대 숲지기는 1대의 아들과 손자로, 아흔을 넘긴 1

대의 뜻을 기꺼이 이어받는다. 그들은 매일 아침 일어나 편백나무 밑동의 칡넝쿨을 벤다. 아무 수확 없이도 숲을 부지런히 가꾼다. 드넓은 숲을 지키려면 체력이 받쳐 줘야 한다고 덤덤한 얼굴로 말한다. 나무의 시간은 우리의 시간과 달라서, 숲지기는 나무의 오늘과 내일을 바라보지 않는다. 나무의 팔십 년, 백 년을, 그리고 나무 한 그루 한 그루가 모여 이루는 숲 전체의 생애를 바라본다. 마치 그들 자신이 그 숲에 속하는 한 그루의 나무인 것처럼 하루 한 달 일 년을 산다. 단순하고 아름다웠다. 숲지기에게 나무의 몸통은 곧 시간의 몸통과 같아 보였다. 그들의 시간은 숲의 대지에 뿌리내려 쉽게 흔들리지 않는 듯했다.

　○
조명을 끈다. 주변을 최대한 어둡게 둔다.

바로 옆 칸에 주름 깊은 노인이 단정하게 앉아 있다. 어느 나라 말인지 알 수 없는 언어를 중얼거린다.

adrift, aoriste, ante, amitabha……
굴곡이 많은 수척한 얼굴, 희끗한 수염이 지저분하게 자란 각이 진 턱, 기다랗고 파리한 입술, 열차 밖에서의 기억을 모조리 폐기하고 온 것 같은 표정으로. 그저 외야 할 주문을 외는 샤먼의 음색으로, 아무런 욕망이 없는 정갈한 눈빛으로. 순간 서늘해진다.

언젠가 나는 이 노인과 눈을 마주친 적이 있다. 구체적인 장면을 떠올릴 수는 없지만 이상하게 그런 확신이 든다. 그게 과거인지 미래인지도 알 수가 없다.

눈동자 너머로 노인의 영혼은 과거, 현재, 미래의 세 갈래로 나뉘어 있다. 현재는 등을 보인 채 돌아누워 있고 미래는 그 옆에 서서 건너편을 보고 있다. 과거는 뒤집힌 채 완벽한 대칭을 이루고 있다.

—무엇을 되뇌고 있습니까?
—과거의…… 부정을……
—그렇군요. 곧 벗어날 수 있기를.
세 갈래의 영혼이 저마다 평화롭기를 바랍니다.

언어는 멈추지 않는다. 관통하거나 빗나간다.

느리게 해가 저물고, 노인은 이불의 매무새를 고치고 있다. 나는 노인의 침묵을 시샘한다. 그들은 시간의 뒤꼍에서 중얼거릴 수 있기 때문이다.

간이침대에 걸터앉은 사내가 어린 딸을 품에 앉혀 동화책을 읽어 주고 있다. 녹음된 음성 같다. 색연필을 들고 동화책 위에 아무렇게나 그림을 그린다. 그림 위에 그림, 또 그림 위에 그림…… 그렇다. 세계는 원래 마구잡이로 덧입혀지는 것이다. 누군가의 믿음과 상상에 따라 창조되고 변형되는 것이다.

나는 이불의 매무새를 고친다. 열차의 진행 방향으로 다리를 뻗고 차벽에 머리를 기댄다. 열차와 함께 무의식의 벽이 흔들린다. 불규칙한 소음과 진동이 그대로 전해져 온다.

열차는 움직이는 요람이다.

흔들……

흔들……

두께가 기껏해야 10센티미터 정도밖에 안 되는 벽 하나를 사이에 두고 완전히 다른 세계가 존재한다. 벽 너머로 혹한의 바람이 불고 옆 칸의 노인은 여전히 중얼거린다.

우리는 차원의 궤적인 동시에 시간이 수렴하는 방향이다.

이렇다 할 목적 없이 지도를 펼친다. 아직도 수천 킬로미터를 더 가야만 겨우 모스크바 외곽에 들어설 수 있다니, 참 이상한 거리감이지. 그냥 시간으로 치환하면 안 될까. 낯선 감각 속에서 처음 보는 타투를 발견한다. 그것은 지워지지 않는다. 언제까지나.

그런 예감이 나의 현재를 들썩인다.(때때로 현재는 불안의 동의어이다.)

문득 정신을 차려 보면 꿈이다.

익숙한 배경. 예전에 한 번 꾼 적이 있는 어느 꿈속에 와 있다. (꿈은 암시적으로 메시지를 주고 어떻게든 삶을 다시 일으켜 세운다.)

나는 그리스어 시험의 커닝 페이퍼를 황급히 암기해야 한다.(어쩌면 그리스어가 아니라 이집트어인지도 모른다.) 시험 시작까지는 십 분도 채 남지 않았다. 텅 빈 열람실에 앉아 객관식 정답의 순서를 외운다.

e, t, n, a, e, t, s, i, r, o, a, i, t, i, d, a.
a, h, b, a, t, i, m, a.

페이퍼를 보니 암기해야 할 분량이 아직 꽤 남아 있었다. 시간이 부족했고 다 외우지 못한 채 교실로 향했다. 복도에서는 귀에 익은 클래식 음악이 흘러나왔다. 피아노 페달 밟는 소리……

처음 보는 교실이지만 나는 내 자리가 어디인지 정확히 알고 있다. 교탁에서 보이는 맨 오른쪽 창가열, 앞에서 네 번째 자리. 바로 뒷자리에 앉은 사람은 완벽히 준비를 끝냈는지 의기양양한 표정이다.

교실 창가의 투명한 커튼이 일렁인다. 시험의 시작을 알리는 종이 울린다.

꿈에 관한 메모.

모든 개인의 꿈은 고유하다. 타인의 꿈이 어떻게 나타나고 재생되는지 우리는 알지 못한다. 꿈은 공유될 수 없다. 제각각의 방식으로 나타나고 해석될 뿐이다.
꿈의 해석은 언제나 재해석이다.
마치 시간처럼……
꿈이라는 단 하나의 추상은 불가능하다. 시간이 상대적인 것처럼 꿈도 — 완전히 — 다르게 — 존재한다. 새로운 — 하나의 — 차원이다. 영원히 — 불완전한 — 이불의 — 이미지이다.

바람에 흔들리는 풀숲 소리가 들려온다. 끝을 알리는 종이 울린다.

언어는 멈추지 않는다. 관통하거나 빗나간다.

꿈의 마지막 장면에서 사람들이 춤을 추고 있다. 움직임이 곧 시간이 되는 춤을.

해가 뜰 기미는 보이지 않는다. 자작나무 숲의 키는 어제보다 조금 더 자라 있다. 눈보라가 무섭게 몰아친다. 소리는 창문에 튕겨 나간다. 몽롱한 아침잠을 깨기 위해 찬물로 세수를 한다. 캐모마일 티를 우려 마신다. 세 갈래의 영혼에 관한 생각이 마음을 어지럽힌다.

지금이 밤인지 낮인지…… 분별하기가 어려워진다.

오전 내내 눈이 그치지 않는다. 고요하고 사나운 기운이 설원의 지평선을 지배하고 있다. 저 땅에도 사람이 살고 인가가 있을 것이다. 그들의 시간도 그들을 늙게 할 것이다. 그들의 영혼도 세 갈래로 나뉠 것이다. 또 어딘가의 오두막에는 삼림 관리인이 머물고 있을 것이다. 그는 정말로 죽을 때까지 설원을 떠나지 않을지도 몰라. 쉽게 부러지지 않는 단념이 부러울 때가 있어.

은둔하는 자는 멈추지 않고, 은둔하는 자만이 완벽한 자기 자신을 살아 낸다.

그의 가족들은 그가 떠난 식탁에 둘러앉아 정겨운 대화를 주고받으며 아침 식사를 하고 있다.

사이드 조명이 환하게 켜진다.

○

창밖이 은빛으로 환하다. 겨울 숲의 속내가 드러난다. 한국으로 돌아가고 나면 여기서 본 것에 대한 감상을 제대로 전할 수 없을 듯하다. 말을 아끼게 될 것 같다. 말로는 다 전할 수 없는 것들이 세상엔 너무나 많지. 다 전할 수 없어서 이상한 죄책감이 들 때도 있지. 우리가 말을 다루는 것이 아니라 말이 우리를 다루기 때문일까. 말을 많이 하고 나면 그래서 자주 후회로 남는 걸까. 말은 껍질이고 후회는 씨앗일까. 살아남은 뿌리와 상처 가득한 몸통의 창백한 얼룩들, 가장 효율적인 반경으로 서로를 침해하지 않고 자라는 가지들, 힘없이 늘어지는 잔가지들. 나무와 나무 사이에 부는 바람 같은 공허한 이야기들. 이곳의 나무를 한 그루라도 집 근처에 심어 두고 볼 수 있다면 좋겠지만, 그 어떤 집이라도 설원을 풍경에 둔 나무의 아름다움에 비할 수는 없을 것이다. 필름 카메라의 뷰파인더를 통해 풍경을 본다. 육안으로도 마음의 눈으로도 들여다본다. 거기에 있어야 할 것들이 거기에 있다. 말로는 역시 다 전할 수가 없지. 그저 보고 느껴야 하리라.

○

지나간 것은 뭉개지면서 이미지가 된다. 이미지를 건져

올리는 것은 나의 몫이다. 우리는 스스로를 바로 다음 순간으로 내던지면서, 시간의 조밀한 그물을 통과하고 있다. 한 마디 한 뼘씩 기억의 세계를 증축해 나간다. 지형을 복원하고 우선순위를 정한다. 너무 오래 묻혀 있던 것들은 의심의 대상이 된다. 사랑에 실패해 울어 버린 날도, 처음 떠난 여행에서 돌아오던 날도, 세상이 무너질 것처럼 폭우가 쏟아지던 날도, 무너지지 않고 겨우 버틸 수 있던 날도, 홀로 기념하거나 여럿이서 축복한 날도, 송두리째 뒤흔들리는 격변을 경험한 날도. 정말로 울고 싶었지…… 누구라도 끌어안고서…… 안개처럼 스러진 날들과 그 안에서 용해되고 응고된 시간들. 기억이 환상에 불과하다면? 우리는 정말로 일시에 무너져 내릴까? 열차는 쉬지 않고 덜컹거린다. 과거라고 불리는 3차원의 궤적을 상상한다. 무수한 잔상으로 이루어진. 거기서 나의 잔상은 아직도 바로 다음의 미래를 기다리고 있다. 부르짖으면서…… 다 무너져 내려도 있는 그대로를 받아들일 준비가 되어 있다. 용해된 순간들은 과거 속으로 흘러들어 응고될 것이다. 과거는 누구나의 조각가인 것이다. 응고된 조각의 일부를 설원에 두고 가기로 한다. 시간의 육체가 드러누워 있다. 내 기억의 일부가 그 안 어딘가에 잠들어 있다.

　　○
　　새벽 4시경, 열차가 완전히 멈춰 선다. 이곳은 종착역인 모스크바. 멈춰 섰기 때문에 시차는 더 이상 바뀌지 않는다.

열차 안에 오랫동안 정체되어 있던 어둠과 공기가 퍽 갑갑하다. 얼른 내려서 상쾌한 공기를 마시고 싶다. 허둥지둥 서두르기 싫어 한 시간 전에 미리 배낭을 챙겨 두었다. 몇 번이나 확인했기 때문에 빠트린 것이 없다는 걸 알면서도 혹시나 하는 마음에 다시 한번 내 자리를 살핀다. 여기서 내리고 나면 영영 다시 올 수 없을지도 모르는 열차 내부를 슥 둘러본다.

열차 벽면에 사람들의 그림자가 뒤엉킨다. 다들 느긋하게 내릴 채비를 한다. 기지개를 켜고 일행을 챙기며 각자의 짐을 확인한다. 여전히 잠들어 있는 사람도 있지만 아무도 그들을 깨우지 않는다. 몇 번의 잔기침 소리…… 아쉬움 반 홀가분함 반으로 플랫폼에 발을 내딛는다. 백 시간 가까이 열차를 타고 이동했기 때문인지 땅을 밟는 일이 어색하다. 열차는 정말로 멈춰 섰구나. 지구를 떠났다가 돌아온 우주비행사가 된 것처럼 모든 게 새삼스럽고, 내가 지면을 밟는 것이 아니라 지면이 나를 떠받치는 느낌이 든다. 금세 다시 익숙해질 걸 알고 있다. 낮에 녹다 만 눈이 매끈하게 얼어붙어 있다. 미끄러질까 봐 조심조심 잰걸음으로 걷는다. 눈썹 위로 바람결이 스친다. 새벽 구름이 저 멀리 떼 지어 간다. 모스크바의 밤하늘은 기이한 붉은빛을 띠고 있구나. 어디선가 본 적이 있는 듯하다.

москва.
역 이름이 선명한 초록 네온으로 빛나고 있다. 띄엄띄엄 세워진 가로등이 주황빛으로 역사 주변을 밝힌다. 깊게 숨을 들이쉰다. 열차에서 사람들이 우르르 한꺼번에 빠져나가고 그들의 신선한 입김이 얼어 있던 플랫폼을 녹인다. 생각한 것보다 춥지는 않았다. 한밤중인데도 영상에 가까운 날씨였다. 이르쿠츠크의 추위에 비하면 이 정도는 정말 추위라고 말하기도 민망할 정도였다. 서울보다도 덜 추웠으니까. 무겁게 어깨를 짓누르는 배낭끈을 고쳐 멘다. 내린 눈 위에 새로 쌓인 새벽 눈을 밟으며 약간의 허기를 느낀다. 빠르게 역사를 빠져나와 광장 쪽으로 조금 걸어 나간 다음 택시를 잡아탄다. 택시 기사가 묻는 말을 알아듣지 못하고 미리 예약해 둔 호텔 이름을 두어 번 말한다. 내 발음을 못 알아들을까 봐 천천히 또박또박.

소콜니키, 호텔. 홀리데이 인, 홀리데이 인 소콜니키.

도시는 불빛이 섞여 몽롱한 꿈결처럼 물들어 있다. 차량이 꽤 오가는데도 도로는 쓸쓸했다. 오 분 정도 택시를 타고 가니 벌써 호텔이었다. 역에서 가까운 곳에 잡기를 잘했다고 생각했다. 호텔 입구의 원형 회차장은 투숙객들의 발자국으로 더러워진 눈과 다시 그 위에 쌓인 눈들이 섞여 지저분하다. 밖에서 호텔을 올려다보니 불 켜진 객실보다 꺼진 객실이 많았다. 모스크바에서 마지막 하루를 보낸 뒤 밤 비행기를 타고 서울로 돌아갈 예정이다. 열차에서 제대로 씻고 자지 못했기 때문에 하루 정도는 깨끗이 몸을 씻고 푹 자고 나서 여유 있게 비행기를 타려고 예약한 것이었다. 시내를 돌아보기에는 시간이 넉넉지 않았다.

프런트에서 체크인을 마치고 조용한 로비를 지나 엘리베

이터를 탔다. 새벽에 체크인하는 호텔의 분위기는 이상하리만치 쏠쏠하다…… 환영받지 못하는 것 같다는 느낌을 받는다. 그게 싫은 것은 아니다. 오히려 편안하다. 눈길도 관심도 받지 않아도 돼서 좋다. 나도 그들도 서로가 누군지 모를 때, 그럴 때만 얻을 수 있는 느낌이 있다. 나는 언제든지 이곳을 떠날 수 있는 이방인이고 아무도 그 사실을 신경 쓰지 않는다. 아무렇지 않게 우리는 멀어질 수 있다. 아무렇지 않게 각자의 시간을 되찾을 수 있다. 관리가 잘되어 있는 건조한 복도를 따라 객실로 향한다. 호텔은 선입견 없이 이방인을 대하고 문을 열어 준다. 혼자일 때 호텔은 누구에게나 공평하다.

객실에는 각이 잡힌 순백의 침구와 브라운 톤의 단색 카펫이 정돈되어 있다. 온화한 색의 물푸레나무로 짠 빌트인 옷장이 하나 있고, 옷장 바깥에 달린 선반에는 물 두 병과 컵, 호텔 이용에 관한 안내 책자가 놓여 있다. 물병을 따서 반쯤 벌컥벌컥 마신다. 옷장 문 한쪽을 덮고 있는 폭이 좁은 전신 거울 앞에 선다. 패딩 주머니에 뭐가 있어 꺼내 보니 열차에서 받은 2그램짜리 소포장 설탕이 하나 나왔다. 하얀 포장지 위에 횡단 열차가 그려져 있어 이내 살짝 그리워진다. 다시 주머니에 쑤셔 넣고 옷을 싹 갈아입는다. 찌들어 있던 몸의 열기가 뿜어져 나온다. 잠시 땀을 식히고 가벼워진 몸으로 간단한 스트레칭을 한다.

엉덩이 모양으로 잡힌 주름이 빛바랜 오래된 일인용 쥣빛 소파에 푹 눌러앉아 지난 며칠간의 여정을 돌이켜본다.

그동안의 여정이,

포착할 수 없는 어떤 순간에서 바로 지금 이 순간으로, 단숨에 스쳐 지나간다. 한순간의 도약처럼 여겨진다. 허무하게도.(이것이 우리가 현재라고 부르는 감각의 본질이 아닐까?)

여정 속의 나는 시간에게 잡아먹혔다. 출발 직전의 나만 갑자기 이 호텔에 와 있는 것이다.

떠오르는 기억들이 호수면처럼 일렁인다.

전부 다 이곳의 비현실적인 겨울 풍경이 불러온 환각일지도 모른다. 호텔 방에 누워 깨끗한 속 커튼을 바라보고 있으니 바이칼 호수와 횡단 열차에서 보고 들은 모든 것이 거짓말 같다. 아무도 나를 속인 적 없는데 혼자 속고 있는 것 같다. 하지만 정말 그렇다고 해도 나는 아무렇지 않게 다음 여정을 준비할 수 있다. 기억은 아무래도 좋다. 어차피 현재는 멈출 수 없으니까. 우리는 과거로부터 멀어지면서 사라지는 중일 뿐이니까.

옷장을 열면 클래식한 디자인의 작은 금고가 있다. 네 자리의 패스워드를 입력하는 방식이다. 내가 타고 온 모든 교통수단의 티켓과 횡단 열차가 그려진 설탕을 그 안에 두고 가기로 한다. 이유는 없다. 그냥 그래야 할 것 같은 기분이 들었다. 외투와 지갑, 바지 주머니를 뒤져 잡다한 것을 전부 꺼낸다. 티켓에는 이미 지나간 어떤 출발 시각과 도착 시각이 적혀 있다. 내가 체크아웃하고 나면 호텔 직원이 방을 청소하면서 다 비워 버릴 테지만 상관없다. 언젠가 버려질 거라면 그냥 여기에 두고 가기로 한다. 시간은, 시간이 표시된 사물들을 무효화한다.

더운물로 몸을 씻는다. 쏟아지는 물 아래서 온몸에 쌓인 눅진한 피로를 녹여 낸다. 너덜거리는 몇 겹의 기억이 흐르는 물에 함께 씻겨 나가는 듯하다. 욕실을 가득 메운 열기에 머리가 어지러울 정도로 천천히 씻고 나니 강한 허기가 찾아온다. 음식을 씹고 삼킬 기운이 없어 목욕 가운을 걸친 채 그대로 침대 위에 엎어진다. 의식이 몽롱해진다. 늪같은 잠이 나를 빨아들인다. 물컹거리는 적막 속에서 어둠이 깊어지는 것을 느낀다. 어디선가 째깍거리는 시계 소리가 조금씩 가까워진다. 눈을 감고 있는데 옷장에 붙어 있는 거울 속으로 허기진 내 얼굴이 비치고…… 미지의 시간이 나를 짓누른다. 마지막 밤이 사라져 간다. 벽들이 한 걸음씩 물러난다. 페이드아웃—페이드인. 어둠의 등을 쫓는다…… 이미 지나간, 그러나 여전히 존재하는 설원이 무대위에 펼쳐져 있다. 어제라는 무대가 새롭게 연출되었다. 거기서 한참을 헤맨다. 헤매지 않고서는 단 하루도 버틸 수 없다. 눈을 감는 것은 헤매기 위해서이다.

드르륵드르륵…… 시간의 톱니가 사이사이 결락되어 제대로 맞물지 못하고 헛발을 구른다. 꿈속인지도 모른 채 나는 엇나간 시간을 거슬러 오른다. 꿈속의 꿈을, 시간 속의 시간을 향해 파고들게 하는, 낯설고도 익숙한 이 한겨울 호텔에서……

○
여행은 이동하는 시간 그 자체이다. 머무르는 시간은 여행이 아니라 쉼이다. 그것은 내가 바라보는 현상의 이면을 들추어 봄으로써 나와 나의 순수한 현재를 직시하게 한다. 도시와 자연, 그리고 무수히 많은 어떤 공간들을 여행하는 것이 아니라 내가 발 딛고 선 곳, 바로 거기, 다시 말해 지금 여기, 현재라는 시간을 여행하는 것이다. 시간의 등에 올라탄 빛 한 조각이 되어, 어떤 세계를 벗어남과 동시에 또 어떤 세계를 여행하는 한 사람분의 분명한 자취를 남기는 것이다.

Everything comes full circle. 모든 시작은, 제자리로 되돌아오는 여정의 시작이다. 시작이라 여기던 지점이 끝일 수도 있고 끝이라 여기던 지점이 시작일 수도 있다. 돌고 돌아서 결국 우리는 원점으로 되돌아온다. 사랑하는 섬을 떠나지 못하고 빙빙 도는 한 마리 새처럼, 마음의 나이테를 그리면서, 부유해졌다가 가난해졌다가…… 그런 것들에 잠시 초연해진다.

삶은 여러 개의 동심원으로 확장된다. 둘레는 무한히 넓어질 수 있다. 원은 구가 되고 구의 깊이는 밖에서 봐서는 알 수가 없다. 다만 바깥이 어두워질수록 구의 중심에 있는 나 자신이 선명해진다. 빛 덩어리를 품고 깨어난다. 부드러운 손길로 밝아진 안쪽 면을, 나 자신의 정신과도 같은 시간 덩어리를 어루만진다. 야윈 겨울 햇빛이 나를 향해 반짝이고 있다. 살아 있는 시간 속을 걸어 다니고 있다.

시간 밖으로

○

검은 의자에 앉아 있다. 뻣뻣한 손목을 이리저리 스트레 칭한다.

달칵 하고 루이스 크리스티안 칼프의 은빛 책상 조명을 켜면, 몇 개의 노트와 폴더가 저절로 펼쳐진다.

기억의 슬롯을 하나씩 꺼낸다.
열람한다.
뒤죽박죽인 시간의 영수증들.
숫자와 문자와 기호가 조금씩 휘발된.

미간이 찌푸려진다.

여기서 무엇을 건져 낼 수 있지? 건져 낸 비밀은 누구의 몫이 되지?

떠오르는 대로 일단 적어 본다. 흘러가는 대로 이리저리 이어 붙이고 서로 잘 달라붙지 않는 이질적인 기억들을 꿰매 고, 전혀 다른 곳에 보관된 기억을 빌려 와 빈칸을 메꾼다.

새 슬롯을 꺼낸다.
열람한다. 역시 뒤죽박죽이다.
뒤적거린다.
내가 찾던 조각이……

있다!
이어 붙인다. 꿰매고 메꾼다.

다시 새 슬롯을 꺼낸다.
열람한다. 뒤죽박죽이다.
이어 붙인다. 꿰맨다. 메꾼다.
되풀이한다.

나머지는 빈 슬롯에 버린다.

팔짱 끼우듯이 겹쳐질 때 아름다운
문장 속 시간의 갈래들을 모아 접합한다.

발 딛고 선 이곳에서, 종이 위에 존재할 세계를 미리 펼쳐 보인다. 책상 앞의 시간과 종이 위의 시간은 절대로 섞일 수 없을 것이다.

글은 응결된 덩어리로부터 쓰인다. 이야기들은 보통 스스로 시간순으로 정렬해 나가는 힘이 있지만, 이 책에서 내가 하고자 하는 이야기는 좀처럼 시간순으로 정렬되지 않는다…… 무의미하기 때문이다. 기억이라는 이미지는 늘 산발적으로 나타나서 엉키고 불어나기 때문이다.
시간 모순은 무시된다.
그러면서 기억은 제멋대로 흘러간다.
흙을 치우고 새로 트이는 수많은 강줄기처럼.

　지난 여정에 문장 속 여정을 덮어씌운다. 이야기는 쓰이고 읽히고 전해질 때마다 덮어씌워지니까. 결국 원래 이야기가 어떠했는지는 아무래도 상관없어진다. 아무래도 상관없다고 말할 수 있는 용기가 다시 그것을 덮어씌운다.

　이야기는 한꺼번에 녹아내리고 한 갈래로 합쳐진다.
　강물이 강물로 덮어씌워진다.

　이 책 또한 마찬가지이다. 내 이야기는, 여기서 멈추지 않을 것이다. 육지와 바다를 건너다니는 이야기 속 지중해의 상인들처럼, 하늘로, 호수로, 숲으로, 바다로, 섬으로, 낯선 공간으로, 발길이 없는 곳으로, 이름 없는 좌표로도 향한다.

　흐르고 흐르고 흐르고
　흐르고 또 흘러서

　어떤 겨울들의 무수한 낯빛 너머로.

　겨울이라는 계절을 사랑하기 때문에, 언제든지 지난겨울 속으로 되돌아갈 수 있을 것이다. 그런데 이때, 되돌아간다는 표현을 써도 되는 걸까? 그게 가능할까?

　지우개,
　영원한 지우개가 필요해…….

○

계절은 같은 자리에 덮이고 쌓여서 완전한 계절의 모습을 축조해 간다. 그것은 태양과 지구의 일이다. 우주의 일이다. 나는 그러나, 당신에게 계절을 선물받는다.

완전한 겨울이 그립다. 지난겨울을 보내고 다음 세 계절이 지나가는 동안 여전히 지난겨울과 연결된 끈을 꼭 쥐고 있다. 눈을 감으면 그대로 펼쳐질 수 있도록. 이 문장을 쓰고 있는 지금은 푹푹 찌는 대서, 여름의 한복판이지만, 뜨거운 열기 속에서 나는 숨기 좋은 겨울의 그림자를 찾아 헤맨다. 겨울을 배경으로 하는 문장들을 쓰다 보면, 여름과 그 열기는 신기할 정도로 고요하게 가라앉는다.

겨울은 침묵에 상응한다.

어떤 말도 필요 없을 때, 그래서 어떤 말도 그 시간 속으로 들어오지 못할 때, 잠깐 겨울 냄새가 나기도 하고, 새벽 어스름이 짙어질 때 서늘한 거실에 앉아 있으면 새 겨울이 오고 있다는 착각이 들기도 한다. 침묵할수록 시간은 겨울을 닮아 간다. 나는 그런 식으로 어떤 일 년의 대부분을 흘려보낸다. 잘 있어. 또 올 거야. 나무들도 나처럼 기다리고 있을까. 산책로가 잘 짜인 정원에 함박눈이 내린다면…… 만날 수 있을지도 몰라. 얼어붙은 기억들을 장작 삼아 영혼의 모닥불을 지피면서…… 다가올 모든 겨울을 하나의 관념 덩어리로 떠올린다.

선험적인 눈빛을 갖고 싶어. 신의 것을 훔치고 싶어.

나는 왜 이곳에 온 걸까? 온 기억을 헤집다시피 하면서? 시간이라는 마법은 나를 어떻게 이곳에 데려다 놓았을까?

우리는 또 어떤 침묵을 꿈꾸게 될까?

　　○
　겨울. 외자 같기도 한 이 단어를 발음하는 순간 주변의 모든 것이 가라앉는다. 나의 발성이 찰나에 허공에서 흩어질 때, 그걸 듣고 있던 사물들이 일제히 하얗게 착색된다. 모든 소리가 흡입당한다. 불길 같은 정적…… 곧이어 지난 모든 겨울이 뒤섞인다. 그리고 무언가가 나의 목덜미를 홱 잡아챈다. 화들짝 놀라 뒤돌아보면 계절이 만드는 비스듬한 그림자들이 나를 뚫어져라 쳐다보고 있다.

　　○
　수년 전 겨울에 나는 서유럽에 있었다. 세 곳의 도시에 두 달 머물렀고, 이제 그 시간은 하나의 감각으로 뒤엉켜 내 안에 남아 있다.

　프랑스 파리에서 보낸 겨울은 기대 이상으로 혹독했다. 때마침 유럽 전역에는 육십 년 만에 어마어마한 규모의 폭설이 내렸고, 아침에 눈을 떠 창문을 여니 눈의 왕국이었다. 거리는 온통 새하얀 눈으로 뒤덮여 있었다. 책에서도 영화에서도 그 어디에서도 그런 모습의 파리는 본 적이 없었다. 날씨는 내내 흐렸는데 오히려 날씨가 좋을 때보다 도시 전체가 한층 밝아 보였다. 파리 특유의 창백한 색감이 잘 떠오르지 않을 정도로. 라디오에서는 평소 눈을 보기 힘든 파리에 간밤에 얼마나 많은 눈이 내렸는지, 이번 폭설로 인해 센강의 수위가 얼마나 높아졌고 그게 얼마나 위험한지(실제로 지하 수장고에 보관된 예술 작품을 안전한 곳으로 옮기기 위해 루브르 박물관이 휴관했다.), 도심에는 얼마나 많은 사람들의 발이 묶여 있는지, 전기가 끊기는 바람에 특정 지역 시민들이 얼마나 곤란에 처했는지 등의 뉴스를 전하고 있었다. 목이 높은 방한용 부츠를 신고 다니는 사람을 그렇게 많이 본 것은 처음이었다. 눈 쌓인 몽마르트 언덕에서는 스키를 타는 사람도 있었다. 이른 아침에는 그칠 줄 모르는 눈발을 헤치고 숙소 바로 아래 골목의 매일 가는 빵집에서 갓 구운 바게트를 샀다. 딱딱한 빵의 끄트머리를 씹으면 겨울 나뭇가지의 맛이 났다. 고소한 우유를 넣은 커피를 손에 들고 돌아왔다. 활짝 열어 둔 창문으로 찬바람과 함께 눈이 들이쳤다. 오후에는 불로뉴 숲의 나무들이 범벅이 된 눈 덩어리를 털어 내며 동화처럼 반짝였다.

파리를 떠나 다음 일주일을 스위스 바젤에서 보냈다. 기차를 타고 바젤 SBB역에 내리자, 복잡한 거미줄처럼 엮인 노선의 트램들이 역전 광장을 가득 메우고 있었다. 나는 11번 노선의 녹색 트램을 타야 했다. 행선지에 따른 요금의 티켓을 산 다음 중간에 아무 때나 직원이 검표할 때 티켓을 제시하면 되는 거였는데, 바젤에 머물면서 여러 번 트램을 이용하는 동안 단 한 번도 검표를 당한 적은 없었다. 하지만 무임승차를 하는 사람도 거의 없어 보였다. 그만큼 여유롭고 평화로운 도시였다. 거리는 쾌적했으며 생각보다는 날씨도 별로 춥지 않았다. 다만 수시로 비가 내렸다. 늘 축축해 보이는 나무들과 도시의 중심부를 무겁게 흐르는 라인강, 강줄기를 따라 정비된 전용 도로를 오고 가는 자전거들, 작품에 충분히 몰입할 수 있도록 넓은 동선과 스케일의 공간감을 갖춘 미술관들, 그 안에서 여유롭게 관람 중인 노부부들, 에스프레소를 주문하면 탄산수 한 잔을 함께 내어 주는 카페테리아, 도시의 음영을 그대로 깃털에 얹어 놓은 듯한 겨울새들, 눈이 마주치면 친절한 미소를 지어 보이지만 실은 타인에게 무관심한 듯한 사람들이, 도시의 전체적인 인상을 그려 주었다. 가장 기억에 남는 장소는 스위스, 프랑스, 독일까지 세 나라의 경계에 걸쳐 있는 국경 도시 바일암라인의 비트라 캠퍼스였다. 거대한 건축 갤러리 속에서 일일이 감탄할 새도 없이 눈이 휘둥그레졌다. 오며 가며 계속 비가 내렸고 겨울이라 그런지 대부분 한산했다.

바셀을 떠나 다음 사 주를 베를린에서 보냈다. 전부터 기대가 큰 도시였는데 막상 도착하고 보니 베를린의 겨울은 꽤 삭막했다. 때는 완연한 늦겨울이었고 봄은 아주 멀리서 천천히 오고 있었다. 건물과 건물, 녹지 사이의 폭넓은 구획과, 이상하리만치 과장되어 있는 거리감이 도시를 한층 을씨년스러워 보이게 만들었다. 분위기에 잘 휩쓸리지 않는 편인데도 길을 걷다 보면 괜히 우울해졌다. 번화가를 벗어나면 특징이 없는 밋밋한 주택이 엉성하게 늘어서 있고 가지런한 도로에는 늘 인적이 드물었다. 어느 하루는 기분이 너무

다운돼 외출도 하지 않고 하루 종일 넷플릭스를 보았고, 또 어느 하루는 도심을 벗어나 베를린 외곽에 위치한 팔켄하게 너 호수를 다녀왔다. 꽁꽁 얼어붙은 목가적인 호수 위에서 한 무리의 사람들이 아이스하키를 즐기고 있었다. 구석에서 는 주인을 따라 온 반려견들이 뛰놀았다. 베를린의 날씨가 모스크바보다도 춥고 황량했던 것 같다. 바람이 외투를 뚫 고 스몄기 때문에 옷깃도 마음도 바짝 여미지 않을 수 없었 다. 그래서인지 머무르는 동안 다른 도시에서보다 유독 게 을렀고, 외출하기보다는 숙소에서 빈둥거리며 보낸 시간이 더 많았다. 이런저런 채소를 사다가 간단한 음식을 종종 해 먹었다. 엉망으로 헤집어진 비디오테이프처럼 한 계절의 끝 이 길게 늘어지고 있었다.

그 겨울의 이미지는 어느 단편 소설에서 그 부분에 꼭 쓰 였어야 할 몇 개의 중요한 단락처럼 나의 불가결한 일부가 되었다.

흑백의 거대한 폭설 속으로 걸어 들어간다.

라디오 방송과 트램 신호 소리, 아이스하키 하는 소리가 섞여 들린다.
그림자들의 낙원에 사박사박 눈이 내린다.
0에 수렴하는 듯한 미세한 소리에 귀를 기울인다. 잔잔 하게 부는 바람 같은, 시옷과 비읍의 뒤울림이 번갈아 내려 앉는 소리. 눈 덮인 루브르 박물관 광장에서 검은 새 한 마리의 날갯짓 같은 것이 조심스럽게 사그라드는 소리.

　　○

　기울어진 그림자는 겨울의 짙은 한숨이다. 폭설이 내리고 강풍이 불고, 이를 견디지 못한 감정들이 마음의 기둥과 함께 와르르 무너진다. 해마다 그래 왔다. 겨울은 잘 쌓아올린 감정도 손쉽게 무너뜨린다. 그리고 완전히 무너졌기 때문에 아무렇지 않아진다. 다시 시작할 수 있게 된다. 시간 축을 이탈하지 않고 한 바퀴 돌아 제자리로 온다. 같은 자리에 쌓이고 쌓여서 신성한 돌탑 같은 것이 된다.

　겨울은 믿음을 은유한다.

　겨울이 없는 곳에도 겨울다운 것은 존재한다. 계절은 하나의 속성이기 때문이다. 아무렇게나 버려진 전복된 아름다움이 막막하고도 단단한 믿음을 빚어낸다.

　초점 없는 계절에 사로잡혀 있다. 나는 이곳에서 목두한 겨울을, 꿈쩍도 하지 않는 시간 덩어리를, 처음 느껴 보는 그 감각을 영원히…… 잊을 수 없을 것이다. 충분한 시간이 지나고 나면 내 안에 가두어 둘 것이므로 함부로 묘사할 수도 없을 것이다.

　겨울이 믿음의 은유이므로 그냥 묵묵히 믿다 보면…… 마침내 새로운 겨울일 것이다.

　어느 겨울밤 식은땀에 젖어 축축한 꿈.

　창문 너머로 콘트라베이스 같은 안개가 자욱하다. 나 말고는 손님이 아무도 없는, 인적 없는 고속도로변 휴게소의 카페에 앉아 있다. 바렌더처럼 차려입은 직원은 아까부터 어디로 갔는지 보이질 않는다. 나무로 된 낡은 가구들이 불규칙하게 끼익끼익 소리를 낸다. 값싼 피아노 한 대와 피아노 벤치가 놓여 있고 건반 케이스는 닫혀 있다. 딱히 취향을 타지 않는 가벼운 쿨 재즈가 흐른다. 자연스러운 백색 소음들. 리듬에 맞추어 손가락을 두드린다. 건반이 있는 것처럼. 작은 흔들림이 탁자 전체를 감싸 쥔다. 오, 눈빛. 시간을 다 빨아들인 듯한, 눈빛. 흔들림. 내가 기다리는 사람은…… 아마 오지 않을 것이고, 오거나 오지 않거나 그냥 내가 기다리고 있다는 사실만이 중요하다. 확실하다. 그렇게 생각된다. 창문에 맺힌 몇 개의 빗방울이 아래로 천천히 미끄러져 창틀에 닿아 서로 이어질 만큼의 시간이 흐른다. 탁자 맞은편에 누가 앉아 있기라도 한 것처럼 나는 어설픈 연기를 하며 허공을 바라본다. 거기에 나는 일부러 어떤 기척을 만들어 낸다. 이윽고 목소리 하나가 찾아와 속삭인다.

Hi. It's been a long time.[19]

심연 속에서 탈출한 시간의 음성을 들은 것 같았다.
문이 닫힐 것처럼 흔들리는 꿈.
오, 눈빛.
시간을 다 빨아들인 듯한.
귀가 먹먹하다. 가만히 앉아 있는데도 발이 자꾸만 미끄러진다.
과거가 현재의 발목을 붙잡고 매달려 있다. 겨울 어딘가에 내가 모르는 우리가 있다. 고요한 마음속에 잠재된 것들을 나는 믿어 의심치 않는다.

○

마지막까지 살아남는 것은 오직 정적뿐이다. 방금 지나온 겨울 숲은 한없이 맑고 투명했다. 약속이라도 한 것처럼 아주 오랫동안 모든 것이 제자리를 지키고 있었다. 그곳의 동물과 나무들은 서로의 위치를 다 알고 있다. 온몸으로 시간을 느끼면서 서로를 예의주시한다. 나는 한 마리 은빛 순록이 되어 나무들 사이를 지나간다. 그루터기를 툭 건드리면 가지에 맺힌 얼음꽃이 후드득 떨어진다. 순수한 시간의 감각은 그런 곳에서 출몰한다. 겹겹이 자라난 순간들이 부드럽게 벗겨진다.

○

코끼리 상아로 만든 위엄 있는 관문 앞에 서 있다. 이 문을 열고 들어가면 새로운 세계가 펼쳐질 것이다. 온몸으로 아주 천천히 밀어서 열어야만 열린다.

끼이이익.

조금씩 벌어지는 문틈 사이로 선명한 푸른빛이 새어나온다.

한 걸음 한 걸음 조심스럽게 발을 내딛는다. 내가 곧 걸음이고 걸음이 곧 나인 것처럼. 걸을 때마다 나는 거대한 베일에 가까워진다. 그것은 마치 고백 직전의 순간처럼 두근거린다.

서서히 지나간다. 들어간다. 문 너머의 세계가 기다렸다
는 듯이 나를 삼킨다.

덜컥 숨이 멎는다. 정면으로 가까워지는 빛의 레일이 내
존재의 윤곽을 밝힌다. 엑스레이처럼 나를 관통해 지나간다.

몽롱한 가운데 도착한 세계…… 눈부실 징도로 새하
얀…… 내가 곧 어둠이고 어둠이 곧 나인 것처럼.

깨끗한 눈을 밟는 소리가 공간 전체에 울린다.

○

저녁이 되면서 바람이 잦아들고 우리는 황금색 진공 속으
로 들어갔다. 이것이 원초적인 시베리아, 손에 잡히지 않는
그리고 끝이 없는 시베리아가 아닐까 하고 나는 생각했다.
초기 여행자들의 망막에 지리적 무의식처럼 남은 그 원초
적 시베리아가 바로 이것일 것이라는 생각이 들었다.[20]

이르쿠츠크 시내에서 올혼섬의 쿠지르 마을로 가는 버
스를 탔다. 몇 시간째 버스는 비슷비슷한 눈길을 달리고 있
다. 끝이 도무지 보이질 않는다. 누가 끝이란 걸 볼 수 있을
까? 끝은 언제나 보이지 않는다. 그냥 우리를 그리로 향하게
만들 뿐이다. 가늠할 수 없는 먼 거리를 이동하고 있다는 사
실이 불안감과 안도감을 동시에 준다. 너무 오랜 시간 이동
하다 보면 현재로부터 격리된다. 이동 중이라는 사실을 완

전히 잊어버리기도 하는데 그걸 깨달을 때마다 나는 알 수 없는 카타르시스를 느낀다. 버스 안에 멈추어 있지만 끊임없이 이동 중이라는 것. 가만히 앉아 있지만 위치상으로 고정되어 있지 않다는 것. 버스를 멈추지 않으면 이동하기를 멈출 수 없다는 사실에 이상하게 불안해진다. 그리고 서서히 적응해 간다.

눈앞의 소실점을 향해 쭉 뻗은 도로 양쪽으로 설원의 창백한 피부가 보인다. 녹지 않는 단단한 눈이 온 땅을 뒤덮고 있다. 복사해 붙여넣기한 듯한 자작나무 숲은 거친 백발 같다. 툰드라 위를 버스는 계속 달린다. 나는 눈을 가늘게 뜬다. 버스가 달리는 만큼 풍경이 지평선 너머로 말려 들어간다. 커다란 구름들이 무리 지어 흐른다. 그걸 뚫고 나온 겨울 오전의 햇빛이 차창을 옅게 반짝인다. 조금이라도 내리막인 도로를 만나면 전방의 시야가 단번에 탁 트이고, 끝이 보이지 않을 만큼 길게 뻗은 직선 도로와 광활한 숲이 이어져 장관을 이룬다. 이런 곳에서만 느낄 수 있는 시각적 쾌감이 있다. 착시 현상으로 굴곡진 풍경이 부드럽게 일렁인다. 세계가 둥글어진다. 약간의 멀미를 느낀다. 어떤 풍경은 신이 연출해 놓은 무대라고밖에는 달리 설명할 방법이 없다. 달리는 내내 그런 풍경이 반복되기 때문에 시간이 지나면 좀 익숙해질 법도 한데 여전히 경이롭다.

갑작스러운 사고로 허허벌판에 표류되어 이 땅을 헤매게 된다고 해도 두렵지 않다. 말도 안 되는 오만이지만, 어차피 삶 자체가 시간 속을 표류하는 것과 다를 바 없으니까.

○

시간은 하나의 질료이다. 축축한 흙모래와 같이, 기억과 감정의 편린 사이에 섞여 빈틈을 구석구석 채우고 있다. 세계는 무수한 믹스드 미디어로 이루어져 있다. 나의 선택과 행위는 나 자신의 질료이다.

어디선가 물방울이 떨어져 바닥에서 튀는 소리가 규칙적으로 들린다.

시간이 3차원의 연속이 아니라 그저 해변의 모래알과 같이 존재하는 거라면…… 우리는 기꺼이 미래를 담보할 수 있을까? 태연히 해변을 거닐 수 있을까? 밀려드는 파도처럼 모래알을 삼키고 뒤엎을 수 있을까?

영원은, 영원의 언어는, 낙관일까 비관일까?

○

무의식이 담긴 수레가 덜컹거리고, 어둠 속에서 나는 넘어질 뻔한다.

착륙을 알리는 기장의 안내 방송이 흘러나온다.

단숨에 잠에서 깬다. 한밤중에 출발한 비행기가 이르쿠츠크 공항에 도착한다. 새벽 5시경이다. 눈발이 꽤 거세다. 도시는 새벽 내내 싸라기눈을 맞은 듯 젖어 있다. 이르쿠츠크 공항은 서울의 웬만한 버스 터미널보다 그 규모가 작았다. 조명이 대부분 꺼져 있는 데다 오고 가는 사람도 거의 없어 터미널 내부가 싸늘했다. 건물 전체를 채우고 있는 심드

렁한 적막이 조금 무서웠다. 눈부신 백색 등이 다닥다닥 붙은 아케이드 상점 부스들의 쇼케이스를 아무 성의 없이 비췄다. 어디서 나고 있는지도 모르겠는 아주 작은 소리들이 수상하게 들릴 만큼 신경이 곤두섰다.

공항 수속을 마치자마자 얼른 통신사 대리점으로 가서 유심칩부터 바꿔 끼웠다. 그사이 같은 비행기를 타고 온 사람들은 이미 다 어디론가 흩어져 버렸다. 무대 위에 나만 홀로 남겨 두고 빠르게 퇴장하는 조연 배우들처럼.

공항을 빠져나와 택시를 잡아타고 이르쿠츠크 시내의 버스 터미널로 향했다. 피로가 몰려왔지만, 비로소 여정이 시작되었다는 느낌이 들어 두근거렸다. 아직도 공중에 떠 있는 기분이었다. 밤도 아침도 아닌 시간, 도시는 하얗게 잠들어 있었다. 생전 처음 꾸는 꿈속에 와 있는 것 같았다. 자각할 수 있고 관여할 수 있는 꿈. 오전 8시에 출발하는 쿠지르 마을행 버스를 타려면 터미널 로비에서 한참을 기다려야 했다. 낯선 도시, 낯선 터미널, 낯선 목적지, 낯선 사람들, 낯선 기다림. 소설의 첫 페이지에 갑자기 등장한 새로운 인물이 되어 돌발적인 사건을 맞닥뜨린 것처럼 모든 것이 생경하게 다가왔다.

우락부락한 무장 경찰 여럿이 무표정하게 입구를 지키고 서 있다. 나는 어쩐지 겸손해졌다. 잘못한 것도 없는데 긴장한 채 대기실로 들어섰다. 세 명이 앉을 수 있는 벤치가 여러 개 놓여 있었는데 대체 왜 이렇게 배치를 했는지 이해가 안 될 정도로 비효율적이었다. 장난이라도 쳐 놓은 것처럼 제각기 다른 방향을 보고 있었다. 혹시 기다리는 사람들의 눈이 마주치지 않고 서로 빗나가게 하기 위함이었을까. 대기실은 몹시 추웠다. 창문마다 서릿발이 잔뜩 껴 있었다. 외투를 벗을 수가 없었다. 빈자리에 앉아 무릎 위로 배낭을 놓고 끌어안았다. 잔뜩 웅크린 채 있지 않으면 금세 체온이 날아갔다. 그 어떤 새벽보다 캄캄했고 무겁게 고여 있었다. 몇 시간 뒤면 아침이 밝아 올 거라는 당연한 사실을 확신할 수 없을 만큼. 로비 구석에 놓인 낡은 자판기 몇 대가 노쇠한 빛을 밝히며 우울한 소리를 냈다. 바짝 붙어 앉은 일행끼리 작게 속삭이는 소리가 이따금씩 들렸다. 멍하니 있으면 몇몇 사람들이 자리에서 일어나 탑승장 쪽으로 사라졌다.

말을 거는 사람도 없고 말을 걸고 싶은 사람도 없으니 마치 무적자無籍者가 된 것 같았다. 어느 누구도 내가 누군지, 무얼 위해 이곳에 왔는지 관심을 가지지 않는다. 나도 그들도 서로를 의식하지 않는다. 아침 일찍 어디론가 떠나야 한다는 사실에 다들 그저 피곤한 얼굴로 앉아 있을 뿐이다. 타야 할 버스가 오기만을 기다릴 뿐이다. 무수한 기다림들이 머물렀다가 지나쳐 갔다. 눈 덮인 도시의 박명이 터미널 안을 비추었다. 해가 뜨려면 멀었고 버스 출발 시각까지는 두 시간이나 남아 있었다. 비행기에서 내린 지 얼마 되지 않은 데다 추위에 긴장해 있느라 온몸이 뻐근했다. 잠자코 기다리는 것 말고는 할 수 있는 게 없었다. 외투 주머니 속의 손난로를 손에 꽉 쥐고 웅크려 부르르 몸을 떨었다. 그러다 지쳐 선잠이 들었고, 시간은 느리게, 아주 느리게, 불투명하게 흘러갔다.

언제나 그래 왔듯이, 나는 끝내 오지 않을지도 모르는,

정말로 오고 있는지 확신할 수 없는 어떤 것을 기다리고 있었고…… 기다리는 동안 또 몇 번이나 선잠에 빠졌다.

　무의식이 담긴 수레가 덜컹거리고, 어둠 속에서 나는 넘어질 뻔한다.
　단숨에 배경이 바뀐다.

　한 모금 남은 위스키 잔을 비우고, 책상 조명을 끈다.

　○
나 자신의 무의식이
밝게 번지는 너의 울타리를 들여다보고 있다.

미래를 열람하는 중이니 방해하지 말기를.

나의 어떤 날은 곡선과 곡면으로 가득하다.
한껏 발버둥 치며 몸을 떨고 있다.
떨면서
새로 태어난다.
여정 속에서 환생하기.
하나의 생에서 또 하나의 생으로 흐르기.

꿈도 현실도 아닌, 언어의 구원으로부터.

기다리는 동안 우리들의 시계는 얼어붙을까?
얼어붙어도 괜찮을까?

태곳적 사람들은 맑은 물이 흐르는 동굴의 댄스곡을 연주하곤 했다.
그것은 시간의 육체이고 빙하이다.

너무 어두워. 이 고요한 음악이 끝나면
다시 얼어붙고 말 거야, 옛날은.

음절과 탄성,
숨 막힘,
밝아짐 속의 앞선 기다림,
가까워 오는 절정,
몰입은 다 아름다워.

선잠의 틈새.
담쟁이가 돌벽에 말라붙어 있다.

한 장의 과거를 버리고 여러 장의 미래를 줍는다.
날갯짓들이 앞다투어
버려진 시간의 정수리 위를 맴돌고 있다.

이름 모를 오래된 성당의 청아한 종소리가 나를 깨운다.
저의가 없는 믿음과 견고한 세계의 울림이

말을 걸어온다.
넌지시 다그쳐 온다.

······메모하기.
읽고 발음하는 것만이 진실되므로
읽고 발음하기.

○

기다림의 본질은 갈 곳 없는 안도이다. 아무 데도 가지 않아도 되는 정착이고 아무것도 하지 않아도 되는 평화이다. 기다리는 일 외에는 주어진 것이 없을 때 마침내 우리는 안도할 수 있다. 일종의 최후 진술이다.

시간은 세계의 안온한 품이다. 절대적인 기다림이 없는 사람은 외롭다. 대상 없이 고독하다. 나를 싣고 어디론가 떠날 예정인 낡은 버스를 기다리며 나는 숭고한 안도를 느낀다. 문자 그대로 어디론가, 목적지는커녕 방향조차 알 수 없는 불안이 새로운 전율을 불러일으킨다. 내가 도착하려고 하는 미래 말고는 아무것도 고려하지 않는다. 버스는 지금 어디에 있을까? 정말로 오고 있을까? 실은 버스가 오거나 오지 않거나 상관없을지도 모른다. 그냥 기다리는 것이다. 하염없이. 부사의 의미를 곱씹으며, 하염없이, 뭔가를 기다리는 것이다.

안도는 계속 이어진다. 시간은 불안을 노 삼아 물길로 나아가며 최후 진술을 준비하고 있다. 지구의 기다림에 나의 기다림이 섞인다. 방금 막 사람이 떠난 옆자리의 기척과 온기를 마음에 새긴다. 포슬눈이 내린다. 까닭 없이 떠오르는 조동익의 노래「엄마와 성당에」의 가사를 여러 번 중얼거린다. 먼 곳의 겨울 종소리가 들려오고, 가슴이 뛰고, 바람이 불고, 묵주와 미사보가 보인다. 오래도록 잊을 수 없는 어떤 기다림이 누구에게나 있다.

○
숲우듬지 위로 눈이 내린다.

모든 최초의 사물에 깃드는 시간의
속삭임을 받아 적는 사람.

오랫동안 회자되는
죽을 때까지 무명이었던,
어느 눈 먼 시인의 첫 시집에 수록된
첫 번째 시의 맨 처음
단어 하나.

시 한 편, 시어 하나에 끼워 둔 숨결.

최초의 너, 최후의 나…… 그 사이에 놓인
단 하나의 모순과
미세한 불협화음이

멀고도 가까운 희망 쪽으로
오늘을 데리고 간다네.

한겨울의 일기와 그 아래
무수히 적힌 사랑에 관한 각주들.

너라는 갈피에 전부 다 가려져 있고
시작을 곧 실패라 말하네.
그것은 얼음 속에서
피어난다네.

　○
'동시에'라고 쓰다가 머뭇거린다.(그저 떠오르는 대로 쓰다가도, 어떤 단어들 앞에서 순간적으로 얼어붙는다.)
'동시'는 같은 때를 뜻한다. '때'는 시간의 어떤 순간이나 부분을 뜻한다.
내가 '동시에'라고 쓰는 바로 그 순간, 동시대를 살아가는 무수한 타인들이 각각의 시간을 똑같이 취하고 있다. 정말로 그렇다고 말할 수 있나? 똑같이? 어떻게 똑같지? 우리가 정말로 동일한 중력 위에 있는 거라면.
동시의 범위를 넓게 본다면 시간의 부분, 즉 연속적인 어떤 순간들이라고 할 수 있지만, 엄밀히 말해서 '서로 다른 두 사람의 정확히 같은 순간'이라는 것은 존재할 수 없지 않나. 시공을 초월한 자의 시점으로 일시 정지 버튼을 눌러 시간을 멈춘 다음 전체를 확인하는 것이 아니라면 말이다. 어느 누구도 자기 자신을 객관적으로, 혹은 서로 다른 두 개의 존재로 나누어 바라볼 수 없기 때문에 절대적인 동시성이란 경험될 수 없는 것이 아닌가.

빛의 속도가 불변하기 때문에 우리는 영원히, 비동시적으로 공존한다. '동시에'라고 말하는 순산 동시란 이미 존재하지 않으므로, 그것은 언제나 불특정 다수와의 너그럽고 유연한 동시성을 뜻할 수밖에 없는 것이다.

시간에 묶인 우리들의 몸부림치는 어느 한 순간.

도처에서 벌어지는 랑데부.

충돌 없는 충돌.

O

차원은 겹겹이

점과 점을, 선과 선을, 면과 면을,

입체와 입체를

결집시킨다.

전지적 시점이 준비되었습니다.

수락하시겠습니까?

Y / N

정체를 알 수 없는 거대한 뼈들이

무더기로 출토되었다.

빛에 범벅된 그것들을
깨끗이 씻어서 맨바닥에 나열한다.
알파벳순으로 정렬한 다음
무작위로 섞는다.

나는 동굴에 있고
내가 제거된 시간을 잔뜩 실은 수송 열차가
국경을 지나가고 있다.

안내 방송이 흘러나온다.
거대한 뼈들이 플랫폼으로 진입하고 있습니다.
안전선 밖으로 물러서 주시기 바랍니다. 그리고
오늘은 역사적인 날입니다.
원하는 만큼 필요한 가설을 세워 두면 좋겠습니다.
그럼, 행운을 빕니다…….

그와 동시에
시간의 지층에서는 단 하나의
화석이 굳어지고 있다.
우리는 지극히 고고학적인 대화를 이어 나간다.
하나도 뻔하지 않은.

증거를 모아 진실을 밝히고 말 거야.

고대의 얼음이 녹기 시작하면 저절로 드러날 텐데?

알아, 의심할 수 있어. 진실이 아닐 수도 있어. 결과는 결과일 뿐이야.

실패한 논리의 바깥에 너 자신을 유기하지 마.

신들의 응답 없음에 귀 기울여 볼래?
(그는 훌륭한 각본가에 불과하다.)
전부라고 믿었던 것이 실은 아무것도 아니었다면, 그때는 어떻게 할래?
지구상에 마지막 남은 해변으로 떠날 채비를 한다.
해변이 유실된 섬들에 관한 연구에 참여할 것이다.
진실은 자주 매몰된다.
자연에 의해.

살아남은 사람들끼리 하는 중요한 미팅이 열린다.
해변 창고에서 발견된, 썩어 바스러진
나무 액자의 처분에 관한.
그리고 한 장에 한 세기를 넘길 수 있는
달력에 관한.

넘길 때마다 껍질처럼
어둠이 벗겨졌다.
달력 앞에선 누구나 전지적이다.
인칭은 전대미문의
눈속임이다.

한 박물관 학예사가 사계절이 순환하는 것을 지루해하고 있다.

이름은 ○○○이고, 그는 출토된 뼈의 분류 작업을 한다.

수장고가 닫히려고 할 때 기다렸다는 듯이
안내 방송이 흘러나온다.
아, 아아, 알립니다.
금일 모든 뼈들의 이동이 종료되었습니다. 지금 즉시,
지금 즉시 플랫폼을 벗어나 주시기 바랍니다.

'동시에'라고 정확히 동시에 말하면
빛보다 빠른 것이다.

누명이 순차적으로 벗겨진다.
우리는 무너진 국경을 지나면서
그림자를 잃어버리고
환한 어둠 속으로 서서히 기울어진다.

전지적 시점을 종료합니다.
(특이 사항 없음.)

○
아침이 밝았다. 버스가 온 것 같았다. 자리에서 일어나려는데 당황스러울 만큼 몸이 굳어 잘 움직여지지 않았다. 묵직한 배낭을 끌어안고 두 시간 넘게 웅크려 앉아 있었으니 그럴 만도 했다. 서너 겹 껴입은 것도 모자라 패딩 점퍼까지 입고 있었어서 그런지 굳은 몸을 풀어 주는 것도 쉽지 않았다. 하나씩 돌려받는 것처럼 움직임은 서서히 되돌아왔다. 스트레칭을 한 다음 터미널 바깥에 있는 탑승장 쪽으로 걸음을 옮겼다. 날씨가 꽤 추웠지만 상쾌했나. 하늘은 맑고 깨끗했다. 두 대의 흰색 벤츠 스프린터가 덩그러니 정차해 있다. 그 옆에 대기 중인 승객들을 보니 둘 중 어느 쪽에 타야 할지 직감적으로 알 수 있었다. 문 앞에 서 있는 운전사에게 티켓을 보여 주고 내부를 훑었는데 선착순으로 아무 데나 앉으면 되는 것 같았다. 비어 있는 조수석에 얼른 자리를 잡았다. 조수석은 안 된다고 할까 봐 잠깐 마음을 졸였는데 문제는 없어 보였다. 몇 안 되는 열악한 좌석들 중에서는 퍼스트 클래스 수준이라고 봐도 될 만큼 훌륭했다.

출발한 지 십오 분 정도를 지나 이르쿠츠크 시내 북부를 빠져나왔다. 이때부터는 풍경에서 눈을 뗄 수 없었는데, 벤츠 스프린터의 앞쪽 좌석은 체감상 전방의 차창과 몹시 가까웠고, 맨 앞에서 보고 있으니 마치 아이맥스 상영관 내에서 시야와 각도가 가장 좋은 좌석에 앉아 있는 듯해서였다. 말 그대로 모든 것이 눈앞에 선명했다. 달리는 동안 측면으로 보이는 작은 마을들 사이로 눈 덮인 타이가 지대가 거짓말처럼 펼쳐져 있었고, 숲들은 그 경계를 육안으로 가늠할 수 없을 만큼 드넓었다. 이곳의 현지인들도 저 숲들의 끝에 도대체 무엇이 있는지 알지 못한다는 말이 있을 정도로. 그러니 그저 끝이 없다고 형용할 수 있을 뿐이었다. 끝을 끝이라고 말할 수 없었다. 이 땅에서 끝이란 정말로 어떤 환상 같은 것이었다. 시시때때로 눈바람이 몰아쳤다. 계절이 생생했다.

운전사는 키가 굉장히 컸다. 덩치도 얼굴도 손발도 다 커다랬다. 내 신체 스케일을 딱 1.5배 정도 부풀려 놓으면 얼추 비슷하지 않을까 싶었다. 이름을 기억해 두고 싶어서 물어보려고 했는데, 이동하는 내내 왠지 말을 걸기가 쉽지 않았고 결국 마지막까지 묻지 못했다. 투박한 그의 양손이 무심하고 능숙하게 핸들을 돌렸다. 그는 이따금 보온병을 꺼내 모락모락 김이 나는 향이 좋은 티를 홀짝였다. 보통 크기의 보온병이 그에겐 작아 보였다. 조수석의 유리창 너머를 내다보고 있다가 문득 차창으로 초점을 옮기면 거기에 비친 얼굴 음영이 보였다. 이곳에서 자주 만날 수 있는 아름다운 구릉의 울퉁불퉁한 곡선과 닮아 있었다. 반대쪽 차창 너머를 바라보는 척하며 그의 옆얼굴을 슬쩍 쳐다보기도 했다.

이르쿠츠크 시내에서 바이칼 호수까지 가려면 휴식 시간까지 포함해 장장 일곱 시간 정도를 내리 달려야 했다. 널찍이 잘 정비된 도로임에도 차량의 연식이 꽤 있고 차체도 높은 편이라 심하게 덜컹거렸다. 멀미가 심한 사람이라면 이동하는 내내 구토를 참느라 힘들지도 몰랐다. 살짝 어지럽긴 했지만, 다행히 무리는 없었다. 좌석은 다양한 국적의 사람들로 가득 차 있고, 아무 말 없이 함께 새하얀 벌판을 달리고 있다는 사실이 이따금 이 세계에서 벌어지는 일이 아닌 것처럼 느껴졌다. 내가 입을 떼면 모든 게 신기루처럼 사라질 것 같았다.

비슷한 풍경 속에서 비슷한 속도로 지루한 도로를 달리

다 보니 시간 감각이 묘연했다. 시계를 확인하는 일이 어색했다. 시간은 평소와 다름없이 흐르는데 혹시 내가 정상적인 시간의 트랙을 벗어나 완전히 다른 세계로 향하고 있는 게 아닐까. 누군가가 미끼로 열어 둔 문을 통과하고 있는 게 아닐까. 끝없이 이어지는 풍경 속에서 나는 자주 벙쪘고 초점을 잃었다.

조수석 바로 앞 유리창에는 오래전에 어딘가에 충돌하여 생긴 듯한 실금이 꽤 길게 나 있었는데, 차량이 덜컹거릴 때마다 그 선이 바다의 너울처럼 풍경 위를 넘실거렸다. 정오를 향해 가면서 태양의 고도가 높아졌고, 실금에 반사된 햇빛이 눈을 찌르며 미간을 찌푸리게 했다. 아무리 달리고 달려도 도로의 끝은 계속 저 멀리 달아났다. 꽤 가까이 닿은 줄 알았던 황무지 언덕도 좀처럼 가까워지질 않았다. 문득 어떤 순간에는 풍경이 물이 다 비워진 아쿠아리움 같았다. 가닿을 수 없는 격리된 세계 같았다. 잠이 쏟아졌지만, 잠들 순 없었다. 내 의식은 그 경직된 흐름 속으로 서서히 빨려 들어갔다.

예고 없이 차량이 멈췄다. 중간에 정해진 휴게소에 들러 삼십 분 내외로 쉬어 가는 것이었다. 휴게소는 대략 오십 평 남짓한 단층 목조 건물이었다. 여기가 정말 휴게소가 맞나 싶을 정도로 외관이 단출했다. 건물 앞에서는 담소를 나누며 담배를 태우는 사람들이 서 있었다. 실내는 꽤 훈훈했다. 시간을 거슬러 올라간 듯한 오래된 정취가 그대로 묻어났다. 삼십 년 전에도 이랬을 것이다. 아마도 이곳에 들어선 이래로 변화된 게 거의 없어 보였다. 평범한데 어딘지 모르게 익숙했다. 손길이 닿는 모든 곳이 자연스럽게 낡아 있었다.

사람들은 간단히 끼니를 때우거나 따뜻한 차를 마셨다. 아니나 다를까 화장실의 줄은 몹시 길게 늘어서 있었다. 뭔가를 먹기 전에 화장실부터 다녀왔다. 열악한 여정 속에서 다들 지친 기색이 역력했다. 차갑게 식은 빵 하나를 사서 물도 없이 꾸역꾸역 씹었다. 아직 세 시간도 넘게 더 이동해야 하므로 웬만하면 물을 마시지 않는 편이 좋을 것 같았다. 이제 절반 이상을 왔지만, 지나온 거리와 시간이 별로 실감되지 않았다. 피곤하지만 아무래도 좋았다. 무심한 운전사의 얼굴을 보고 있으면 그냥 어떻게든 시간이 흐르고 배경이 바뀌어 어느샌가 도착해 있을 것만 같았다. 어떻게든, 어느샌가.

도착은 필연적이다. 목적지가 어디든, 그곳이 어떤 곳이든, 누구나 언젠가 도착할 것이다. 도착하고 말 것이다. 그리고 도착하고 나면 마침내 알게 될 것이다. 이곳이 바로 그곳이라는 걸 말이다. 그런데 만약 그 과정에 어떤 목적도 없다면? 목적도 없이 출발해서 도착할 곳이 어딘지도 모른 채 이동하고 있다면? (그래도 우리는 어디로든 도착할 것이다.) 그러니까 목적지가 없다면 언제 어떻게 도착할지에도 별로 괘념치 않게 된다. 순수하게 이동하는 과정만이 남는다. 불현듯 이곳이 바로 그곳임을 깨닫고, 내가 비로소 도착했다고 믿는 순간이 반드시 도래할 것임을 알기에, 어떤 장소가 아닌 어떤 시점으로의 도착을 기대하기에.

휴게소를 나와 신선한 공기를 힘껏 들이마시고 다시 조수석에 앉았다. 운전사가 조용히 인원수를 세고 있었다. 비숫비슷한 차가 많아서 어떤 걸 타고 왔는지 헷갈릴 수 있으므로 인원수만 맞는다고 되는 것은 아닐 텐데. 그런데 실은 이 차가 내가 타고 온 그 차가 아니라고 해도 상관없다고 생각했다. 다른 차를 타서 아예 모르는 다른 곳에 도착하게 된다고 해도 오히려 이 땅에서라면…… 정말로 괜찮았을 것 같았다. 이대로 뜻밖의 여정이 시작된다고 해도 좋았다. 언젠가 어디로든, 반드시 도착할 테니까. 그걸 믿으니까.

미래는 자주 거짓말 같지만, 알 수 없는 어떤 예감이 나를 완전히 새로운 미래로 끌고 갈 수도 있다는 사실이 가끔 황홀하기도 했다.

○

휴게소를 떠나 남동쪽으로 달렸다. 인기척이 느껴지지 않는 허름한 주유소, 듬성듬성한 황무지, 한없이 평화로워 보이는 작은 마을들을 지나 설원 위의 도로를 누볐다. 깊숙이 파고드는 겨울 햇빛이 차창의 성에를 녹였다. 눈이 점점 부셔 오자 운전사는 햇빛 가리개를 내렸다. 현재 위치를 가늠해 보기 위해 지도와 방위를 떠올리면서 풍경을 보고 있자니 가상 세계처럼 느껴졌다.

바이칼 호수에 가까워지면서 도로의 포장 상태가 급격히 나빠졌다. 이전보다 훨씬 심하게 덜컹거렸다. 땅은 거칠었고 주변에 나무도 거의 보이지 않았다. 살았는지 죽었는지 모를 앉은뱅이 덤불이 산재해 있고 자유롭게 방목된 얼룩소들이 거닐고 있다. 그 너머로 구름 한 점 없이 깨끗한 푸른 하늘과 구릉이 조용히 맞닿아 있다.

이르쿠츠크 시내에서 산 생수 한 병의 물이 고갈되어 갈 때쯤 호숫가 어느 마을에 도착했다. 목적지인 쿠지르 마을은 아니었다. 흡사 바닷가 마을이라는 착각이 들 정도로 넓은 호수가 마을의 배경을 이루었고, 호수 전체가 꽁꽁 얼어붙어 있다는 걸 멀리서도 알 수 있었다. 마침내 바이칼 호수의 초입이었다. 바로 이 순간을 위해서 비행기를 탄 것이나 다름없었다. 선착장으로 보이는 곳에서 차량이 멈추자 덥수룩한 개들이 꼬리를 세차게 흔들며 어디선가 뛰어나왔다. 마을에 새로운 사람들이 왔다는 걸 개들은 제일 먼저 알았다. 물론 곧 다시 떠날 사람들이란 것도 알고 있을 것이었다.

올혼섬은 호수 한가운데에 있다. 그리로 들어가기 위해서는 이 선착장에서 수륙 양용 보트인 호버크라프트를 타고 얼음 호수를 건너가야 했다. 앞서 사람들을 싣고 건너간 보트가 이쪽으로 되돌아올 때까지 기다리는 동안 울퉁불퉁 얼어붙은 호수면 위를 걸어 보았다. 미끄러운 탓에 조심스레 내딛는 한 걸음 한 걸음에서 신기한 쾌감이 전해졌다. 밟고 있는 것만으로도 이 거대한 호수의 얼음이 얼마나 두껍고 단단한지 느껴져서, 추위가 풀리고 계절이 바뀌면 다시금 물결이 찰랑이는 호수로 돌아갈 거라는 사실이 믿기지 않았다.

보트 가장자리에 배낭을 싣고 이번에도 조수석 쪽으로 자리를 잡았다. 보트는 시끄러운 엔진 소리를 내며 힘차게 출발했고 얼음 위를 묵직하게 미끄러졌다. 균형을 잃을 것처럼 휘청거리기도 했지만 운전사가 핸들을 부여잡으니 약간의 시간차를 두고 원래 방향을 되찾았다. 배낭을 단단히 고정해 놓는 게 아니라 대충 올려 두는 거라서 자칫 배낭이 떨어질까 봐 불안해서 눈을 뗄 수 없었다. 보트가 떠나온 선착장에서 아까 그 개들이 짖고 있었다.

얼음이 사방에 가득했다. 구름인지 안개인지, 호수보다도 광활한 시베리아 산맥의 흐릿한 형상인지 구별되지 않는, 마치 토성의 고리처럼 뿌연 것이 저쪽의 수평선을 다 가리고 있어 어디가 끝인지 알 수 없었다. 이른 오후 시간임에도 벌써부터 옅은 노을이 올라오기 시작했고 투박한 얼음들이 그 빛을 살포시 머금었다.

빠른 속도로 섬의 선착장에 가까워졌다. 섬은 SF 영화에서 본 외딴 사막 같았다. 쿠지르 마을로 가려면 다시 흙먼지를 잔뜩 뒤집어쓰고 대기 중인 중형 버스를 타야 했다. 버스 옆면에는 Olkhon Express(올혼 익스프레스)라고 적혀 있다. 이르쿠츠크 시내에 나왔다가 다시 쿠지르 마을로 돌아가는 길인 듯한 청년들이 육지에서 가져온 짐을 잔뜩 싣고 같은 버스를 탔다. 뒤에는 얼음 호수가, 앞에는 황무지가 펼쳐져 있다. 바람이 불었고 마른 갈대가 서걱거렸다.

섬에는 함부로 출입할 수 없는 금지된 구역이 존재한다고 했다. 섬은 오랜 시간 그 자리에 드러누운 채 섬에 발을 내딛는 사람들을, 그들의 시간을, 호수를 지키는 샤먼들의 믿음과 숭배를 기꺼이 받아들였지만 섬의 모든 땅을 허락하지는 않았다. 숫자로 셈하는 게 무슨 의미가 있을까 싶지만…… 수백만 년이라는 기나긴 시간 동안 섬은 무인도였다가 추방지였다가 호수의 품 안에서 제 몸을 뒤틀며 변화해

왔을 것이다. 그 시간 덩어리를 떠올리면 발을 내딛는 나 자신이 조금은 낯설어졌다.

섬은 움츠리지 않는다. 도망치지도 숨지도 않고 그저 거기에 있다. 무수한 저녁이 저물어 갈 때마다 호수를 물고 있는 북쪽의 송곳니를 갈았고, 호숫물이 얼고 녹기를 반복할 때마다 섬에 사는 정령들을 길들여 대기를 다스렸다.

버스는 척박한 흙길을 지루하게 내달렸다. 늦은 오후의 햇빛이 공중에 떠다니는 먼지를 어루만졌다. 차창 밖으로 보이는 호수의 침묵은 그 어떤 침묵보다 평화로웠다. 쿠지르 마을은 언제쯤 나타날까. 운전사는 내비게이션도 지도 한 장도 없이 자리에 고정되어 묵묵히 차를 몰고 있다. 그에겐 거의 매일 오가는 길일 테니 아마 나보다 훨씬 더 지루한 시간이었을 것이다. 긴 이동에 지쳐 고단했지만 좀처럼 눈을 붙일 수 없었다. 나는 조수석 손잡이를 붙잡은 채 멍하니 흙먼지를 바라보았고, 섬은 나의 투명한 시간을 세세하게 다 지켜보고 있었다.

○

올혼섬 곳곳에는 영웅 게세르를 상징하는 솟대가 세워져 있다. 솟대는 하늘과 땅을 연결하는 신화적인 상징물로, 섬 전역에 걸쳐 게세르 신화의 다양한 서사시가 전해 내려오고 있다.

동서남북 네 개 구역으로 하늘이 나뉘어 있는데, 옛날에

서쪽과 동쪽의 신들이 하늘 세계에서 전쟁을 일으켰다.

동쪽의 신들은 전쟁에서 패했고 지상에 떨어졌다.

동쪽의 우두머리 신 텡그리는 사지가 찢겼고, 이후 모두 지상을 혼돈에 빠뜨리는 마법사로 환생했다. 그들은 무시무시한 힘으로 기근과 질병을 다스려 지상 세계를 위협했다.

이에 하늘 신은 게세르와 용사들을 지상으로 내려 보냈다. 게세르는 지상에 내려와 사악한 마법사들과의 전투에서 고초를 겪었지만 결국 승리를 쟁취했다. 그리고 어느 산자락에 아무렇게나 버려져 있던 석상들을 발견했다. 모두 게세르와 함께 지상에 내려왔다가 돌덩어리로 변해 버린 하늘의 용사들이었다.

그걸 본 게세르는 눈물을 쏟았다. 이때 게세르가 오른쪽 눈으로 흘린 눈물은 바이칼호가 되었고 왼쪽 눈으로 흘린 눈물은 레나강이 되었다.

태어난 곳으로 돌아가지 못하는 오래된 영혼들이 차디찬 물속을 헤매고 있다. 걸음이 닿는 땅마다 어디로부터 전해 오는지 알 수 없는 울림이 있고, 그것은 섬을 걷고 있는 이들의 마음을 차분히 가라앉혀 준다. 아무 의도 없이 길을 잃게 만든다. 몇 번이고 그렇게. 시공간을 건너뛴 심연의 꿈틀거림…… 오래전부터 연결되어 온 수많은 샤먼들에 의한.

소리 없이 바람이 분다. 솟대들이 허공을 찌르고 서 있다.

○

　쿠지르 마을이 보이기 시작했다. 페인트가 다 바랜 지붕을 업은 낡은 목조 주택들이 호수 가까이에 정겨운 군락을 이루고 있다. 전 세계의 오지를 소개하는 다큐멘터리에서 본 동유럽의 어느 작은 마을이 떠올랐다. 단층 높이의 건물이 대부분이라 그런지 버스가 마을 초입의 낮은 언덕을 오를 때 마을 전체가 훤히 내다보였다. 사람들이 차에서 내릴 채비를 하기 시작했다. 드디어 도착이구나. 갑자기 마음이 급해졌다. 얼른 숙소에 짐을 풀고 숨을 좀 돌리고 싶었다. 버스는 마을의 몇 안 되는 숙소마다 정차하며 차례차례 사람들을 내려 주었다. 내릴 때가 되니 왠지 배낭이 더 무겁게 느껴졌다. 미리 예약해 둔 니키타 홈스테드 앞에서 몇 명의 여행자와 함께 내렸다. 내리자마자 영하 20도를 넘는 혹독한 추위가 온몸에 스몄다. 입김을 불면 허공에 얼음 결정이 맺힐 것 같았다.

　땅을 밟고 몸을 움직일 수 있게 되니 뭔가 시작되고 있구나 하는 느낌이 또 강하게 들었다. 꽤 고단했지만, 금세 새 기운이 솟았다. 어디로든, 거기가 얼마나 멀든, 지금이라면 걸어서도 다녀올 수 있을 것 같았다. 긴 여정의 한 챕터를 무사히 갈무리했다는 안도감에 그동안 쌓인 피로가 단숨에 설렘과 쾌감으로 바뀌었다. 숨을 깊이 들이마시면 깨끗한 눈 냄새가 났다. 공들여 닦은 유리알처럼 정신이 맑아졌고 몸과 마음의 긴장이 조금씩 풀렸다.

　오후 4시를 지나자 빠른 속도로 햇살이 걷혔다. 시야를 가로막는 산과 건물이 없으니 햇살의 움직임이 피부로 느껴졌다. 광활한 자연 위로 구름이 물살처럼 흐르고 있었다. 푸른 호수를 가로질러 멀리 떨어진 건너편에 시선을 던지면 시베리아 산맥의 웅대한 능선이 장막처럼 깔려 있고, 이쪽 끝에서 저쪽 끝까지를 한눈에 헤아릴 수 없었다. 산맥이 호수를 한 아름 품고 있었다. 얼마나 오랜 시간을 저렇게 있었을까. 내가 미처 알지 못하는 자연은 얼마나 더 거대할까. 멍하니 사색에 잠겨 있다가 문득 시선을 당겨 오면 그제야 현실 감각이 돌아왔다.

집집마다 풀어 놓은 깡마른 얼룩소들이 보인다. 그들은 곧 쓰러질 것 같은 전신주 아래 빈터에 모여 있다. 소 한 마리와 눈이 마주쳤는데 기분이 이상했다. 섬의 모든 생물과 무생물이 저마다의 언어로 나에게 말을 걸고 있다. 가만히 눈을 마주 보는데, 개 몇 마리가 어디선가 달려와 꿈쩍도 하지 않는 얼룩소들 주위를 껑충거리며 컹컹 짖었다. 우리 이제 슬슬 움직여야 해, 어서 돌아가자! 하고 재촉하는 것 같았다. 너희는 너희가 돌아가야 할 곳을 알고 있니. 어떻게 아는 거니. 너희의 시간은 어떻게 흐르고 있니. 시간은 거꾸로 돌릴 수가 없는데, 이제 나는 어떻게 돌아가야 하니. 어디로 돌아가야 하는 거니. 해가 저무는 사이 기온이 더 떨어졌다. 빈터와 동물들 너머로 보이는 온갖 지붕들이 모락모락 연기를 피워 올렸다.

니키타 홈스테드는 마을 속에 있는 또 하나의 작은 마을 같았다. 이름 그대로 니키타 씨가 사장이고, 가족이 함께 운영하고 있어서 그렇게 이름을 지은 것이라고 했다. 니키타 씨는 여행자들이 편하게 묵어갈 수 있도록 가장 먼저 올혼

섬에서 숙박업을 시작한 사람이었다. 그가 직접 나무를 베고 깎아 세운 울타리가 둘려 있고, 입구로 들어서니 대지가 꽤 넓었다. 테마파크에 온 것 같았다. 전통 양식으로 깎은 기둥을 세운 여러 동의 숙소가 널널하게 배치되어 있고 그 사이에 터놓은 오솔길과 나무 데크를 따라 내부를 돌아다닐 수 있다. 리셉션으로 쓰이는 한 동과 비스트로가 있는 한 동이 입구 쪽에 자리했고 용도를 알 수 없는 별채 몇 동과 작은 예배당이 있는 구역을 지나면 창공이 탁 트인 넓은 공터가 있다. 그 안쪽에는 니키타 홈스테드에서 가장 규모가 큰 이층집이자 투숙객에게 조식을 제공하는 공동 식당 건물이 있다.

숙소 직원의 안내를 따라 배정된 객실로 갔다. 그녀는 친절하게 여러 가지 설명을 덧붙여 주었지만 무슨 말인지 거의 알아들을 수 없었고 그냥 눈치껏 고개를 끄덕이기만 했다. 내가 머물 숙소는 공동 식당의 오른편으로 조금 더 깊숙이 들어간 구석진 곳에 자리했다. 문은 열쇠로 여는 것이 아니라 네 자리 숫자를 하나하나 돌려 맞추는 자물쇠 방식이었다. 이때는 그녀가 능숙하게 풀어 주어 전혀 예상치 못했던 일인데, 나중에 내가 직접 할 때는 추위 때문인지 자물쇠가 많이 낡았기 때문인지 모르지만 자물쇠가 몹시 뻑뻑했다. 장갑을 낀 채로는 돌려 맞추기가 쉽지 않았는데, 그렇다고 맨손으로 만지면 얼음장보다 차가운 자물쇠에 닿자마자 손끝의 피부가 찢겨 나갈 것처럼 고통스러웠다. 자물쇠에게 진심으로 화가 날 만큼. 어찌어찌하여 겨우 풀고 방에 들어가서도 얼얼해진 손가락을 한참이나 주물러야 했고 이곳에 머무르는 동안 숙소를 드나들 때마다 정말이지 고역이었다.

문을 열고 들어가면 짧은 복도가 이어져 있고 방으로 들어가기 직전에 왼쪽으로 아담한 욕실 하나가 딸려 있다. 방에는 베이지색 커튼을 걸어 놓은 창문이 정면에 보인다. 양쪽에 나무로 된 싱글 침대 두 대가 놓여 있고 그 위로 심심한 무늬가 그려진 베개와 이불이 넣여 있나. 벽에는 나뭇결이 선명하게 보일 정도로 얇게 연노랑색 페인트가 발라져 있다. 걸을 때마다 삐걱거리는 소리가 났다. 아직 신발을 벗지 않았음에도 발이 시릴 정도로 바닥에 냉기가 돌았다. 한쪽 구석에는 고동색 원목의 책상과 의자 한 세트가 놓여 있다. 가구 하나하나에서 같은 사람의 손길이 느껴졌기 때문에 어쩌면 실내의 가구를 전부 다 니키타 씨가 직접 만들었을지도 모른다고 생각했다.

정말 대강 그린 동굴의 벽화 같은 닭 모양 그림이 액자에 걸려 있고 책상 위에는 똑같은 닭 모양 그림이 그려진 컵받침과 머그컵 두 잔이 뒤집혀 있다. 방에 놓인 물건들에 꾸밈이 거의 없었다. 침대 매트리스에 엉덩이를 올렸더니 쿠션이 푹 꺼지며 살짝 내려앉았다. 체감상 높이가 어중간했다. 세월이 느껴지는 베개와 이불에 코를 대고 냄새를 맡아 보니 조금 쿰쿰한 냄새가 났다. 여행지 숙소의 침구에 예민한 편은 아니라서 막 불쾌하거나 잠을 못 잘 정도는 아니었다. 때로는 그런 점이 여행자로서의 기분을 좀 더 고양시켜 주기도 한다. 그런 냄새조차도 시간이 지나고 나면 이상하게 그리워질 것 같았다. 시간의 흔적이 고스란히 묻어 있는 숙소가 오랜만이라서 그런지 이 나라의 전래 동화 속에 들어와 있는 듯했다.

○

　신비로운 밤. 두꺼운 얼음 속에 갇힌 것처럼 적막했다. 낯선 누군가의 내면의 방에 들어와 있는 듯이. 스스로 고립되는 것은 내가 나로서 취할 수 있는 가장 안전한 쾌락이다. 실내는 그늘져 있고, 창문 너머 멀리에 보이은 마을의 어깨 위로 희미한 보랏빛 노을이 그물처럼 올라오고 있다. 그리고 어두운 호수의 푸른빛이 노을에 섞여들어 처음 보는 오묘한 빛깔을 만들어 냈다.

　배낭을 푼 다음 잠깐 숨을 돌리니 저녁이었다. 들어오면서 봐 둔 니키타 홈스테드의 비스트로에서 뭐라도 먹기로 했다. 낮에는 커피와 샐러드를, 밤에는 음식을 곁들여 술을 파는 식당이었다. 토마토와 노란 파프리카를 얇게 썰어 고소한 염소젖 치즈를 얹은 샐러드와 따뜻한 커피 한 잔을 주문했다. 향긋한 올리브 오일이 둘러져 있고 의외로 채소가 신선했다. 손님이 나밖에 없어서 조용하고 여유로웠다. 남은 체력을 끌어다 샐러드를 씹고 음미하는 일에 몰두했다.

　방으로 돌아오자마자 뜨거운 물로 목욕을 했다. 온수가 잘 나오지 않으면 어떡할까 걱정했는데 기우였다. 수압도 나쁘지 않았다. 낯선 곳을 여행할 때에는 숙소에 도착해 충분한 시간을 들여 목욕을 한다. 그러고 나면 본격적으로 여행자로서의 발자국을 찍은 듯이 개운해진다. 옷도 싹 갈아입고 침대에 누워 쉬는데 문득 방을 안내해 준 직원이 알려 준

것이 생각났다. 저녁 8시에 니키타 홈스테드 안의 예배당에서 음악 공연이 있을 거라고 했다. 평일 저녁, 이 작은 마을에 공연이라니? 어떤 공연일지 궁금하기도 했고 얼추 시간이 된 것 같아 대충 외투만 걸친 채 슬리퍼를 신고 방을 나섰다.

몹시 깜깜해서 오솔길을 따라 플래시를 비추지 않고서는 걸을 수가 없었고 냉동고 안에 있는 것처럼 추웠다. 발가락이 너무 시렸다. 작은 가로등 하나 없는 올혼섬의 밤하늘은 무한한 침묵으로 가득했다. 괜히 귀가 먹먹한 느낌이라 자꾸 입으로 아무 소리나 내어 보았다. 그때 나는 왠지 조금 들떠 있었다. 호수 위에 떠 있는 섬은 나의 발밑에, 설원의 밤이 나의 머리 위에 펼쳐져 있고, 섬과 밤, 외자인 두 단어 사이에서 나는 어디로든 다시 떠날 수 있을 것만 같았다. 언제든지 마음만 먹으면 지금 사는 곳을 떠나 원하는 곳에서 존재할 수 있고, 그걸 아무렇지 않게 반복하면서 새로운 자아를 살아갈 수 있다고, 살아 낼 수 있다고, 키르케고르가 말한 "무한한 체념의 기사"와 같이 나 자신을 포기하고 초월하여(그는 영원한 것을 붙들기 위해서는 '시간적인 것'을 체념할 줄 알아야 한다고 주장했다.) 어둠의 등을 타고 이대로 사라져 버릴 수도 있다고 생각했다. 아무도 모르게.

공연이 예정된 장소는 명목상 예배당으로 불리는 듯했다. 다목적으로 사용할 수 있도록 마련해 둔 소강당 건물이었는데 출입구가 독특했다. 문을 열고 좁고 긴 복도를 따라 들어가면 20평 남짓한 긴 네모 공간에 의자가 스무 개 정도 놓여 있었다. 가벽 하나 없이 간소한 무대에서 청년들이 공연을 준비 중이었다. 마을 내 성가대 모임이었고, 러시아의 전통 가곡을 아카펠라로 연습하면서 이곳에 묵어가는 여행자들에게 정기적으로 합창을 선보인다고 했다. 이들의 리더는 니키타 씨였다. 그는 홈스테드뿐만 아니라 올혼섬의 청소년 음악 예술 지도자직을 맡고 있으며 마을의 매사를 주도적으로 이끌고 활기를 불어넣으며 여러 방면으로 애정을 쏟는 사람이었다. 내가 숙소에 머무는 동안 니키타 씨는 만나볼 수 없었지만, 자상하면서도 호쾌한 사람일 거라고 생각했다.

여덟 명의 남녀가 넓은 호를 그리며 나란히 섰다. 앞에 모인 여행자들이 박수를 쳤다. 나 또한 열렬히. 처음엔 솔직히 무슨 공연인지도 몰랐고 몹시 피곤했지만, 박수를 치는 데 있어서만큼은 힘을 아끼고 싶지 않았다. 대열의 가장 왼쪽에 선 남자가 고개를 내밀어 모두를 바라보며 눈빛으로 신호를 보냈고 이윽고 노래가 시작되었다. 왼쪽과 오른쪽, 두 그룹으로 나뉘어 주거니 받거니 불렀고 몇몇은 박자에 맞추어 셰이커를 흔들었다. 대부분 단조음의 러시아 민요였는데 애처롭고 비장한 느낌의 곡들이었다. 노랫말을 알아들을 수 없으니 들리는 대로 들을 뿐이었다. 음악은 언어에 관계없이 노랫말을 싣고 어디론가 흘러갔다. 부르는 이들의 시선이 향하고 모이는 곳으로, 혹은 그 너머로, 새로운 감정의 몰입 속으로, 시간이 사라진 미지의 공감각 속으로, 부드럽게 흘러들어 갔다. 여럿이 함께 부르는 노래는 공중에서 하나가 된다. 그들의 화음이 그들 자신을 휘감는다. 모르는 언어가 나의 무의식에 잠재돼 있던 것처럼 그 흐름을 자연스럽게 받아들였다. 눈에 힘이 풀리면서 온몸이 나른했다.

그들의 무대는 쿠지르 마을 사람들이 기억하는 옛 광명을 불러내기 위한 장엄한 의식이자 일종의 악극이었다. 한시간 가까이 이어졌고, 공연이 끝난 뒤에도 나는 무언가에 홀린 것처럼 자리를 뜨지 못하고 앉아 있었다. 박수 소리가 잦아들면서 하나둘 자리를 떠났다. 공간이 한 마디 정도 가라앉은 듯했다. 공연을 마친 청년들은 서로의 어깨를 다독였다.

○
흰 눈 속의 아침
흔들의자

검은 천으로 장정한 두꺼운 책을 읽는다

겨울 여행[21]
이 책은, 처음 여덟 페이지를 제외하면 나머지 392페이지가 흰 여백이다[22]

여덟 페이지를 제외하면 392페이지가 다⋯⋯ 여백이다
그것은 너무나 자욱해서 우리는 발이
푹푹 빠진다

책은 차갑다

커피 잔이 깨진다, 흔들
되감기
다시 멀쩡해지고 책의 표지가 깨끗해진다
간유리…… 맹점……
흰 레몬……

내가 어디에 있든 내가 여행한 곳은
나 자신이라는 대지이고, 그곳의 동굴들이다

쇼트케이크처럼 폭신한 이불 위에
놓여 있다, 흔들

이미 다 알면서 예언들 전부를 여백 위에 털어놓는다

여백 속의 흰 눈
때문에 겨울은 나타난다
종이 위에
팽팽한
빛줄기는 당겨진다
미리 앞서간 것은 절대적이고
엎치락뒤치락하지 않는다

처음 여덟 페이지가, 흔들
찢겨 나간다

겨울은 왜? 겨울이 왜

언어는 그림자를 발설하고
발화하면서
과거 쪽으로 증발한다
그림자 아래 흰 눈이 쌓인다

눈보라
창문, 흔들
풍경이 숨어 버린다

온통 뿌옇고
저기 그림자 하나가 걸어간다, 보여?

꿈의 한가운데 호수가 있고 호수 속에 섬이 있고 그 섬
속에 또 호수가 있고 거기에 창문 하나가 뚫려 있고
나도 타인도 아닌
여러 겹의 유리가 검게 그을려 있다

저 사람, 울고 있어
보여?

오래된 성곽 아래
빛으로 만든 산책로
겨울 여행에 관한 대화를 나눈다

어떤 예언도, 어떤 반복도 나는 다 믿어지므로

시간의 페르소나를 주인공으로 하는 연작 소설을 엮을
계획이다

온통 우울한 척하는 픽션들뿐
도서관이 끔찍하다
제목과 표지에 겨울을
덮어씌운 책들을 수집한다

○
시베리아 샤먼들은, 지나간 것은 반몽半夢 상태에 억류되어
있어야 한다고 말한다. 듣는 추격자들의 귀를 붙들고 싶다
면, 우리가 말하고자 하는 것이 그들 기억에 새겨지기를 원
한다면 아주 낮게 말해야 한다.[23]

창문이 새하얗다. 이른 아침 산책을 나선다. 개 한 무리
가 뒤섞여 마을을 돌아다닌다. 나는 개들이 조금 부러워진
다. 숙소를 나와 소들이 모여 있는 곳으로 간다. 어제 그 소
들이 부지런히 빈터를 거닐고 있다. 소들이 거기에 그대로
있음에 반가움을 느낀다. 맑고 깊은 두 눈, 새까만 눈동자의
거짓 없는 시선. 온화하면서 어딘지 모르게 공허한. 소들은
내 발걸음 소리에 가만히 귀를 기울인다. 아무 소리도 내지
않고 서 있다. 풍경의 일부인 것처럼 그냥 거기에 있다.

키만 높게 자란 나무 몇 그루가 바위 절벽 끝에 띄엄띄엄 붙어 있다. 우듬지가 앙상하다. 나무에 묶인 빛바랜 오색 천들이 호수에서 불어오는 바람에 휘날린다. 거기에는 뜻을 알 수 없는 산스크리트어가 쓰여 있다. 시베리아 샤먼들의 오래된 흔적이다. 다가가서 그걸 보는 동안 어떤 장면이 그려진다. 응답 없는 신. 사건의 절벽 끝에서 샤먼은 대화를 청한다. 절벽의 나무들은, 샤먼의 탄생과 성장과 죽음을 모두 지켜봐 온 나무들은, 섬에서 벌어지는 모든 이야기와 끝맺음을 하나도 빠짐없이 지켜보고 있다. 아주 오랜 시간 동안.

절벽 우측의 야트막한 언덕에는 열세 명의 위대한 샤먼을 상징하는 열세 개의 솟대가 늘어서 있다. 완만한 리듬으로 사방이 탁 트인 지형이다. 절벽 끄트머리가 하늘에 닿아 있는 것 같았다. 하늘과 땅이 이어져 걸어서 올라갈 수 있을 것처럼.

호수 쪽으로 조금 더 가까이 다가가면 내리막길이 있고, 부르한 바위가 솟아 있는 곳이 보인다. 섬의 꼬리뼈처럼 툭 튀어나와 있다. 바이칼 호수를 지키는 문지기처럼 보이기도 한다. 바위는 하얀 대리석, 화강암, 석영이 섞여 신비로운 빛깔을 띠는데, 이를 신성하게 여겨 호수 연안에 거주하던 부랴트인들에게는 "돌의 사원"이라고 불렸으며, 샤먼 말고는 아무도 접근할 수 없었다고 한다. 꼭 가까이 가야 할 경우 말의 발굽에 가죽을 감싸 그 소리가 들리지 않도록 했다. 호수의 주인을 놀라게 하지 않기 위해서.

나는 가파른 바위 절벽을 피해 옆으로 돌아 호수로 내려간다. 주의 깊게 발을 딛는다. 울퉁불퉁한 진흙과 단단한 눈

덩어리가 한겨울의 갯벌처럼 꽁꽁 얼어붙어 있어 밟을 때마다 갈라지고 부서지는 소리가 난다. 마침내 고대하던 순간이다. 바이칼 호수 위를 걷고 있는 나. 나를 불시에 집어삼켜 버릴지도 모르는 무시무시한 얼음 덩어리를 밟고 있는 나. 발아래 얼음 조각들이 무참히 부서진다. 신중한 걸음과 건조한 파열음의 반복을 오랫동안 잊을 수 없을 것 같다는 생각. 이대로 계속 호수 위를 걸어도 괜찮을지, 계속 걸어가면 호수 반대편까지 걸어서 도착할지 궁금해진다. 한순간에 무너져 내릴지도 모른다는 상상이 문득 들지만, 무섭지는 않다. 다만 약간의 어지럼증이 일면 나도 모르게 휘청거리기도 한다.

한 걸음 한 걸음 발을 뻗으며 부르한 바위의 둘레를 천천히 돈다. 조심스레 손을 대 본다. 얼마나 오래되었을까. 불가해한 시간의 기운이 바위의 표면을 감싸고 있다. 시간적인 것에 대한 체념. 그것은 어떤 믿음의 형태를 조각해 놓은 것처럼 보인다. 바위가 나를 바라보고 있다. 절벽 위의 벌거벗은 나무들처럼. 얼마나 많은 사람들이 이곳에 다녀갔을까. 호수의 신이 그 모든 것을 지켜보고 있다면 이 걸음은 계속 허락될 수 있을까? 나무 아래서, 호수 위에서, 바위 곁에서, 옛날의 샤먼들은 무엇을 보았고 무엇을 말했을까? 정말로 목격했을까? 그들은 내가 걷고 있는 시간과는 전혀 다른 층위의 시간에서 세상을 바라보고 있을지도 모른다.

오래 간직해 온 물음들을 나지막이 건넨다. 그리고 아무 일도 없던 것처럼 돌아선다.

○

작고 소중한 돌탑이 하나 있다.

누군가 찾아와 돌을 쌓는다. 또 다른 누군가 그 위에 돌을 쌓는다. 누군가와 누군가의 그림자가 다시 돌을 쌓는다. 그 모든 돌은, 돌들이 가리키는 누군가를 위해 쌓인다. 사람들이 다녀갈 때마다 돌은 계속 쌓인다. 누군가 잘못된 균형으로 쌓는 바람에 쓰러지지만 않는다면, 눈보라나 태풍이 불어와 무너뜨리지만 않는다면.

돌뿐만 아니라, 돌의 시간이 같은 자리에 쌓인다. 거기에 불어넣어진 온갖 형태의 마음은 섞이거나 흩어지지 않는다. 의연하게 쌓여서 돌들의 훌륭한 거처가 된다.

돌이야말로 무한한 체념이다. 돌은 어떤 것도 의심하지 않는다. 영원할 것처럼 단단해진다.

그러던 어느 날, 길을 잃고 헤매다 우연히 돌탑과 마주친 늙은 샤먼에 의해 돌들에 새 영혼이 깃든다. 표면이 한층 더 부드러워진다.

돌탑의 귀에 대고 샤먼이 응답한다. 신처럼 속삭인다.

○

험준한 지형을 오고 가기 위해 군용으로 개발된 UAZ 차량을 타고 올혼섬의 북부로 향한다. 생긴 게 식빵 한 덩어리를 닮았다고 해서 이곳 사람들은 UAZ를 러시아어로 식빵을 뜻하는 '우아직'이라고 부른다. 대부분 비포장도로를 타고 이동해야 하는 이곳에서 가장 흔히 쓰이는 사륜 구동 차량이다. 차체가 탱크처럼 견고하고 차륜이 높아서 안전하다. 탈 때마다 점프를 해야 할 정도이지만. 창문도 수동으로 레버를 돌려 열고 닫기 때문에 조금 귀찮아도 나름대로 귀엽다. 니키타 홈스테드에서 모집한 올혼섬 북부 투어에 모인 참가자들을 네다섯 명씩 태우고 총 세 대의 우아직이 팀을 이루어 함께 출발한다. 이번에도 얼른 조수석에 올라탄다.

울퉁불퉁한 흙길을 따라 마을을 빠져나와 북쪽의 숲 지대로 들어선다. 길이 험하니 엉덩이가 쉴 새 없이 들썩거린다.(곧이어 만나게 될 무지막지한 들썩임에 비하면 이건 전주곡에 불과했다.) 길 양쪽으로는 일자로 곧게 자란 침엽수들이 촘촘하게 늘어서 있고, 잿빛 안개가 숲의 가장자리를 두르고 있다. 겨울 숲이라 그런지 온통 흐리고 휑하다. 오전 10시를 조금 넘겼을 뿐인데 벌써 오후 5시쯤 된 것처럼 어두침침하다. 이런 날씨를 반기지 않는 사람이라면 금세 우울해했을지도 모른다. 숲과 길의 경계가 모호하다. 도로를 자유롭게 넘어오는 나무들 사이를 지나다 보니 숲의 살갗이 자꾸만 차창을 스친다. 마른 나뭇가지들이 계속 꺾이고 부러진다.

성에가 끼는 차창 너머로 하얗게 흐르는 겨울 숲을 멍하니 바라본다. 흐르고 있다는 감각. 그게 풍경이든 시간이든, 저기 바깥에서 정말로 무언가가 흐르고 있다는 감각. 선명하게. 그리고 그 흐름을 따라 나도 어디론가 부지런히 향하고 있다는 사실에 고취된다. 시간이 고요하게 이완된다. 하늘은 좀처럼 밝아질 기미가 없고, 드넓은 숲의 내밀한 곳으로 더 깊이 들어갈수록 이상하게 숲과는 더 멀어지고 있다는 느낌이 든다. 넓디넓은 숲의 한가운데라는 감각. 황량한 설원 속으로 굴러떨어지고 있다는 감각.

길은 점점 더 거칠어진다. 우아직의 커다란 바퀴가 깊숙한 턱에 걸릴 때마다 몸이 튀어 오르는 탓에 조수석 손잡이를 양팔로 꽉 붙들고 있지 않으면 앉아서 갈 수가 없다. 운전사는 이 정도는 아무것도 아니라는 듯 능숙하게 운전을 했지만, 차량은 수시로 들썩였고 나는 그때마다 머리를 부딪혀야 했다. 멀미를 하지 않은 것이 그나마 다행이었다. 그렇게 정신없이 숲을 빠져나오는데, 불현듯 내가 도망자이고 나를 추격해 오는 무언가로부터 황급히 달아나는 중이라는 상상에 빠지기도 한다. 이미 어느 정도는 현재로부터 도망치듯 살아왔기 때문일까?

숲을 빠져나와도 도로의 상태는 여전히 최악이다. 울퉁불퉁, 덜컹덜컹. 단순한 충격이 반복되면서 머리통이 울린다. 풍경은 고꾸라질 것처럼 흔들거린다. 초점을 한 점에 잡기가 쉽지 않지만, 그 와중에도 나는 가까워질 듯 가까워지지 않는 지평선 쪽을 응시한다. 분명히 저기에 있는데, 저기에 드러누운 지평선을 바라보고 있는데, 지평선은 피사체가 아니라 착시이기 때문에, 거기에 없는 어떤 것을 보려고 하는 것이기 때문에 아무리 애써도 달아나기만 하고, 그래서 당연히 엇나갈 수밖에 없는지도 모른다.

눈 덮인 황야 위 이름 모를 몇 개의 숲, 그리고 영원히 가볼 수 없는, 어디에 있는지조차 정확히 알 수 없을 몇 개의 작은 시골 마을을 지난다. 이곳의 풍경은 허투루 들뜨거나 술렁이지 않는다. 시간의 흐름을 흡수한다. 그러지 않으면 거기에 있을 수 없는 것처럼, 버려질 수 없는 어떤 필연적인 것을 지키려는 것처럼 묵묵히 맞선다. 거대한 삭막을 받아들인다. 시간의 부드러운 손길이 풍경을 어루만진다. 모두 스러져 사라질 때까지.

북부 투어의 첫 번째 목적지에 다다른다. 호수의 일부가 보이기 시작하고, 허름한 목책을 두른 방목지를 지나 호수 쪽으로 곧장 가까워진다. 차체가 심하게 흔들리자 운전사는 속도를 줄이며 여기가 어떤 곳인지 소개하려는 듯한 말투로 입을 뗀다. 아무도 러시아어를 알아들을 수 없기 때문에 그냥 적당히 고개를 끄덕이기만 한다. 올혼섬에는 영어를 할 줄 아는 사람이 거의 없다.

저 멀리 시베리아 산맥의 한 갈래가 보인다. 높은 성벽 아래 세워 놓은 풍채 좋은 문지기들처럼 호수 반대편을 지키고 서 있다. 산맥의 지붕은 하늘에 닿아 있고 봉우리는 구름에 드문드문 가려져 있으며 산맥으로부터 흘러내린 안개가 호수면을 떠다니고 있다. 호수는 완전히 얼어붙어 있고, 사람들은 그 위를 아무렇지 않게 걸어 다닌다. 눈으로 보면서도 잘 믿기지 않는 광경이다. 바로 근처에는 축구장 두세 개를 합친 크기 정도는 되어 보이는 벌거숭이 바위섬이 얼음 위로 솟아나 있다. 어느 거인이 흘리고 간 문진들처럼.

먼저 도착한 우아직 몇 대가 호숫가 위에 정차해 있다. 털모자와 귀마개를 쓰고 두꺼운 옷을 꽁꽁 싸매 입은 여행자들이 서너 명씩 무리 지어 걷고 있다. 나란히 정차할 줄 알았더니 우리가 탄 차량은 거기서 멈추지 않고 더 나아가 호수 위로 들어선다. 흙길에서보다는 속도가 줄었지만, 얼음 위에서 차량은 더 부드럽게 나아간다. 쿵 하는 소리와 함께 바퀴가 얼음의 거친 표면을 미끄러지는 바람에 가슴이 철렁한다. 자칫하면 얼음이 깨져서 와르르 무너지는 거 아닌가. 하지만 이미 돌이킬 수 없기 때문에, 그리고 운전사의 얼굴이 너무나 평온하기 때문에 걱정은 잠시 내려놓기로 한다.

호수가 마법을 부리고 있는 깃 같다. 얼음 위를 굴러가고 있으니 바퀴의 감각이 그대로 전해진다. 창밖을 보니 수없이 많은 바큇자국이 그려져 있다. 저 얼음 아래에는 도대체 뭐가 있을까. 깊고 깊은 바닥까지 다 얼어붙어 있는 건 아닐 렌데. 절대로 드러나선 안 될 무언가가 숨겨져 있는 건 아닐까. 햇빛이 거의 닿은 적 없을 호수 밑바닥은 심해와 같을까. 여름에 우주의 인공위성에서 바이칼 호수를 내려다보면 '반쯤 감은 푸른 눈'처럼 보인다는데, 그건 어쩌면 지구의 눈이 아닐까. 봄여름에 감겼다가 가을겨울에 부릅떠지는. 공상 속에서 나는 깊고 푸른 눈동자와 순간 눈이 마주치고, 그자리에서 꼼짝없이 얼어붙고 만다.

주차를 마친 운전사가 손목시계를 가리키며 러시아어로 말한다. 손짓을 보아하니 차에서 내려도 된다는 뜻 같다. 반신반의하며 호수 위로 첫발을 내딛는다. 살짝 미끌미끌한 얼음 표면이 방한화 바닥에 착 달라붙는다. 일단 내리긴 했지만, 주변을 제대로 둘러볼 엄두가 나지 않아 계속 발밑을 주시하게 된다. 괜히 몇 번이고 발을 굴러 얼음을 두드려 보는데, 조금 걷다 보니 또 적응이 된다. 꽤 단단한 얼음의 감각이 발바닥에 전해진다. 커다란 바위로 힘껏 얼음을 내리쳐도 멀쩡할 것 같다.

바위섬의 밑동에는 대여섯 명 정도가 서 있거나 쪼그려 앉을 만한 작은 동굴이 여기저기 패어 있고, 그 안쪽에는 육식 공룡의 사나운 이빨 같은 고드름이 달라붙어 있다. 쩍 벌어진 턱을 보는 것 같기도 하고, 하나의 거대한 덩굴 식물 같기도 하고, 다른 차원으로 통하는 당장이라도 허물어질 듯한 어귀 같기도 하다. 와르르 쏟아질 것 같기도 하고, 쏟아지는 와중에 갑자기 시간이 멈춘 흔적 같기도 하다. 내가 뒤돌아서는 순간 정말로 일시에 무너져 내릴지도 모른다. 바닥에는 부서진 얼음 파편들이 어지러이 흩어져 있다. 장갑을 벗어 고드름 표면에 손가락을 갖다 대 보니, 건조한 냉기 속에서 이상야릇한 울림과 기억이 손끝으로 스민다.

○

시간의 푸른 베개.

셀 수 없이 많은 그늘진 얼음과 고드름이 유한한 현재를 뒤덮고 있다.

깨끗한 에메랄드빛 얼음이 신선한 광채를 뿜고 있는데, 디지털 화면으로는 표현할 수 없는 그것은 마치 아름다움이라는 관념이 실재한다는 증거처럼 여겨진다.

추위에 떠는 영혼들의 거처.

지도를 잃어버린.

무너진 얼음 동굴은 역할을 다한 빛들이 물러나기 시작할 때 그림자들이 지나다니기 위한 은밀한 길목이다.

얼음은 시간의 파수꾼이다. 파수꾼은 시간의 얼어붙음

이다.

통로를 지나왔을까? 어느 차원으로부터 건너온 걸까?

영원히 확인할 수 없는 새로운 차원의 문.
루초 폰타나의 캔버스처럼 찢어진 틈새의 형태로.
유일한 단서는 틈새로 보이는 빛의 떨림이다. 가늘고 긴 빛줄기를 발견하고 나서야 낌새를 알아챌 수 있다.
다 어디로 도망갔을까? 과연 저 문으로 되돌아올까? 문은 언제 닫힐까? 언젠가 닫히긴 할까?

수십 수백만 개의 버려진 얼음들이 무참하게 조각나 있다. 얼음 조각 하나를 주워 주머니에 넣는다. 호수 밑바닥으로부터 끌어 올려진 한기가 새어 나오고, 그 안에서 누군가의 걸음 소리가 들린다.
옛날에 출발한 섬광이 머나먼 곳으로부터 다가오고 있다.
얼음 위에 건설된 광장에서 인간의 귀로는 들을 수 없는 선율이 흐른다.
응결된 아름다움의 설계도.
괴테는 건축을 일컬어 "얼어붙은 음악"이라고 말했다.

○

바이칼 호수는 대륙과 대륙이 충돌하는 과정에서 생겨났다. 그것은 인간의 시간을 사는 나에겐 까마득히 머나먼 과거의 일이자 땅속 깊숙한 곳의 일이라서 머릿속에 잘 그려지지 않는다. 지각地殼은 수심 1600미터가 넘는 호수 밑바닥의 닿을 길 없는 암흑 속에서 지금 이 순간에도 쉼 없이 뒤틀리고 있다.

호수는 마르지 않는다. 푸른 동공과 그 눈빛은 시간에 사그라들지 않고 갈수록 깊어진다. 북서풍이 불어온다.

눈에 보이지 않아도 느낄 수 있는 것이, 안다고 말할 수 있는 것이…… 나에겐 있다. 누구에게나 그런 게 있다.

지금, 여기, 내가
걸어간다.
눈부신 시간 속을 지나가고 있다.
모든 것이 찰나의 돌출이다. 우리가 지금 현재라고 느끼는, 바로 직전의 순간에 현재라고 느낀 그것은, 눈에 띄는 그 즉시 달아나 버리는 날쌘 산짐승이나 날짐승처럼 돌발적이다. 불쑥 나타났다가 홀연 사라져 버리는, 잡을 수도 닿을 수도 없는 투명한 깃털이다. 누구나 현재라는 돌부리에 걸려 넘어지고, 예고 없이 눈을 찌르는 강렬한 섬광에 무심코 손바닥을 뻗어 막으려 한다.

그리하여 순간은, 계속해서 뻗어 나간다. 어느 꼭짓점 위를 영원히 돌고 있는 텅 빈 물레를 본다. 자기 자신의 잔상을 뒤꽁무니에 달고 다니면서 어쩔 수 없이 자꾸 걸려 넘어지는 서로를 곁눈질한다.

가장 현재적인 과거의 무한한 재현.

그 반복.

지금, 여기, 현재가
걸어간다.
나는 딱 한 움큼씩 시간에 잡아먹힌다.

얼음을 딛고 있는 두 발을 내려다본다. 고개를 들어 주변을 둘러본다. 미래의 내가 나에게 묻는다. 지금 이 순간의 감각을 문장에 담아낼 수 있니. 그것이 시간을 건너뛰어 지금 이 순간에 닿을 것 같니. 나는 고개를 젓는다. 막막해. 광활한 풍경 앞에 서 있는 내가 한없이 작고 초라해진다. 그런 나를 보는 미래의 눈이 나로부터 끝없이 멀어져서 마침내 모든 것이 창백한 푸른 눈처럼 작아지고는 한순간에 증발해 버릴 것만 같다.

이해할 수 없는 거리감.

꾸웅,

꿍!

알 수 없는 방향으로부터 폭발 같은 공명이 날아온다. 거대한 콘서트홀 안에서 울리는 우렛소리처럼.

호수 전체가 흔들린다.

꾸우웅ㅡ!

꾸웅……

꿍!

어느 깊은 곳에서 얼음이 쩍쩍 갈라지고 무너진다.

박동 소리.
호수의 동맥이 느껴진다.

눈을 감아도 선명한, 오금이 저리는 무시무시한 굉음.
모두가 주위를 두리번거린다. 불규칙한 울림이 호수 어
딘가로 계속해서 소환된다. 잠깐 발이 떨어지지 않을 정도
로 두려움을 느낀다. 발밑이 갈라지는 소리인 줄 알고 다들
깜짝 놀라 뒷걸음질 친다. 짧은 비명이 들린다. 처음 마주하
는 규모의 자연 현상 앞에서, 안전줄 하나 없이 우주 한복판
에 내던져진 나약한 인간이 된 것 같은 공포와 경외를 느낀
다. 다행히 무슨 일이 일어나지는 않았다. 우아직 옆에서 운
전사는 아무렇지 않은 표정으로 담배를 태우고 있다.
백지의 지도를 떠올린다. 아무것도 그려져 있지 않은 서
늘한 표면 위에 방향을 잃고 서 있는 내 모습. 지도의 끝은
보이지 않는다. 평평하기 때문에 사각死角도 없다. 눈을 감고
집중하면 호수의 박동 소리가 들린다. 울림의 한가운데에서
나는 점차 차분해진다. 불안이 잦아든다. 차디찬 숨을 한껏

들이쉬면서, 태곳적부터 이 공간이 간직해 온 평화를 목도한다.

　공간空間. 비어 있는 영역.
　비어—있다
　라는 표현의 모순을 생각한다.

　불현듯 이 호수 위에서 누군가 스스로 죽음을 택한다면, 충분히 용인될 고결한 행위일지도 모른다는 생각…… 푸른 허공이 일렁인다.

　겨울은 우리를 침범하고 여름은 우리를 흡수한다.[24]

　꼼짝없이 기억을 침범당한다.

　지금, 여기, 겨울이
　걸어간다.
　나는 딱 한 움큼씩 시간에 잡아먹힌다.

　겨울은 과거를 무너뜨리기 때문에, 과거에 묶여 있거나 과거와 현재 사이를 자주 오고 가는 사람들은 겨울이 다가오는 것이 끔찍하다고 말한다.
　언젠가 다시 이곳을 오게 된다면, 아니 반드시 한 번은 다시 오게 될 거라는 예감이 드는데, 그렇다면 적어도 수개월은 머무르며 한 번의 겨울을 통째로 지내 볼 것이다. 그다음 행선지는 호수 부근에서 한 계절을 보낸 미래의 내가 이끌어 줄 것이다. 마음이 이끄는 대로 할 것. 어떤 선택을 미래의 나에게 떠넘긴다기보다는 정말로 그다음에 대해서는 아무것도 확신할 수 없기 때문에, 섣불리 예단할 수 없는 일에 대해서라면 깊이 고민하지 않는 편이 낫다.

　호수 어딘가 궁벽한 곳에 거처를 마련해 살고 있을 어느 은둔자의 시간을 떠올린다.(그곳은 지도에 정확히 표시되지 않는, 아무리 샅샅이 뒤져도 여간해서는 찾을 수 없는 장소이다.)

　혼자 지내기에 충분히 아늑한 공간, 실내를 훈훈하게 데우는 난로의 기름 냄새, 주전자로 물을 끓여 우린 따뜻한 허브티, 여러 번 읽느라 군데군데 종이가 다 해진 몇 권의 책, 여러 사람의 손목을 거쳐 오느라 밴드가 굉장히 지저분해진 빈티지 시계, 살짝 자세를 바꾸기만 해도 부러질 것처럼 심하게 삐걱거리는 자작나무 흔들의자, 그 밑으로 잽싸게 지나가는 이르쿠츠크 시내에서 데려온 검은 고양이 한 마리, 호숫가의 선연한 노을, 크게 욕심 부리지 않고 차려 먹는 소박한 식사들, 시간을 때우기 위해 색연필로 아무거나 그린 그림들, 낮잠 자는 고양이와 함께 뒹굴거리는 나른한 오후, 아끼는 술을 마시며 한밤중에 빠지는 익숙한 회상, 태연한 얼굴로 다가가 거울 속의 나 자신에게 말 걸기, 발바닥이 저릿할 때까지 몇 시간이고 내리 걷다 들어오는 긴 겨울 산책……

　하나의 여정을 끝내야 한다면 종착지는 이곳이 아닐까. 시간적인 것을 믿지 않는 사람들이 찾아 헤매는, 영원의 감각에 관한 단서가 이 겨울, 이 대륙, 이 호수, 이 섬 어딘가에 숨겨져 있다고 믿는다.

○

　두 발로 직접 가서 두 눈으로 목격하지 않고서는 아무 것도 말할 수 없다. 그렇게 생각하면 평생 동안 단 한 번도 가 보지 못할 곳이 너무나도 많다는 사실에 절망스럽기도 하다. 상상은 어디까지나 상상일 뿐이다. 우리는 자주 착각에 빠진다. 이러고 있을 시간이 없는데. 경험이란 아직 도래하지 않은 시간 속의 감각을 지금 이 순간으로 당겨 오는 위험천만한 일이다. 그만큼 진실되고 고귀하다.

　전광석화 같은 데자뷔.

　그림자 없이 날아와 우아하게 내려앉는 나그네새 한 무리.

○

미지의 나라를 좋아하듯

난 평범한 말들을 좋아해.

그 말들은 처음에만 이해될 뿐,

이후에 그 의미는 흐릿해지지.

유리를 닦듯 그 사람들은 그 말들을 닦고 있어.

이것이 우리들의 수작업이라네.[25]

이동할수록 정신은 더 맑아졌다. 말을 거의 하지 않는 대신 세계가 나에게 건네는 모든 비언어에 귀를 기울였다. 그러고 있으면 마음의 시야가 한층 산뜻해졌다. 운전사도, 함께 탄 사람들도, 다들 지쳤는지 한참 말이 없었다. 짤막한 인사치레 말고는 사람들과 거의 말을 섞지 않았다. 딱히 말을 걸 사람도 없거니와 굳이 내가 먼저 나서서 대화를 나누고 싶은 마음도 없었기 때문이다. 단순히 언어가 달라서는 아니다. 겨우 말문을 튼다고 해도 이 말 다음에 또 어떤 말을 해야 할지 고민하며 대화를 나눠야 한다는 부담감이 앞섰다. 꼭 필요할 때 말고는 입을 열지 않고 싶었다.

타지가 아니더라도 그런 시간은 종종 필요하다. 침묵은 그 자체로 치유력을 지닌다. 오랜 시간 공들여 씻는 여유로운 목욕만이 줄 수 있는 어떤 회복처럼, 침묵으로만 회복될 수 있는 것이 분명히 있다. 말을 하지 않는 동안 우리는 언어의 그물로부터 잠시 풀려나 사유의 강으로 향한다. 강가에 앉아 생각한다.

일단 말을 뱉고 나면, 대부분의 말들이 후회로 남는다. 당장 말을 하고 있는 와중에는 지금 하고 있는 말과 그 생각에 잔뜩 몰입해 있느라 내가 한 말이 어떤 결과를 불러올지 전혀 알지 못한다. 잘 듣고, 상대의 의도를 충분히 파악하기 위해 노력하고, 적절히 응답하며 내 말을 줄이기만 해도 훌륭한 대화를 할 수 있는데 말이다. 가능한 한 말을 하지 않거나 간결하게 말하는 것이 언제나 최선인데 그걸 잊고 아무렇게나 뱉어 버리는 때가 많다. 나는 가끔 말이란 게 두렵다. 말은 꺼낸 만큼 돌아오고, 되돌아오면서 순식간에 불어난다. 그러면 나는 말의 무게로부터 달아나지 못하고 어느

새 짓눌려 버린다. 할 수 없는 말들은 안으로 안으로 꾹꾹 눌러 담는다. 해도 되는 평범한 말들만 꺼내 늘어놓는다. 그리고 말들의 벽 뒤에 숨어서, 끝내 말해질 수 없을 은폐된 말들을 모아 거울을 만든다. 거기에 반사되는 말들의 형상을 지켜본다.

말하지 않아도 돼. 아무것도 말해지지 않아도 돼.

툭 튀어나오거나 매정하게 튕겨 나오지 않고 자연스럽게 오고 가는, 다정하고 유연한 말들. 건강한 말들을 모아 줄을 세운다. 말이 가리키지 못하는 무수히 많은 마음들이, 간결한 진심들이 하나씩 나타났다가 사라진다. 끊어질 듯 끊어지지지 않는다.

이 쓸쓸한 강가에서 나는 그 어떤 말도 잃어버리고 싶지 않아.
날 들키긴 또 싫어. 설명할 수 없는 기분.

고마워. 나는 괜찮아. 정말 미안해. 내일 많이 춥대. 모레 봐. 그림자가 길어졌어. 맞아, 그 꽃이야. 오래된 나무가 베였어. 달무리가 섰네. 시간의 공기가 쓸쓸한 밤이야. 말해도 돼. 울어도 돼. 멈춰도 돼. 시간이 무색하다. 보고 싶어. 불안해. 나는 네가 소중해. 네 잘못이 아니야. 다 네 덕분이지. 거짓말이 아니야. 네 마음이 어떤지 알 것 같아. 난 행복해. 거짓말. 언젠간 알게 될 거야. 잊지 않을게. 기억해 줘.

말들은 늘, 다른 어떤 말들의 창문이 되어 준다. 그래서 닫히지 않는다. 꼭 맞는 다른 말과 함께라면 어떤 말도 가둬지지 않는다. 참 다행이지. 아무리 많은 시간이 흘러도 어떻게 구원할 수 없는 말들도 있다. 그런 말들은 눈에 띄지 않게 아주 서서히 시들고 병들어 죽어 간다.

두 사람 사이에는 영원히 이해할 수 없는 하나의 말이 존재한다.

버려진 말.

오직 두 사람에게만 공유되는 단 하나의 침묵.

그런 경우도 있다. 어떤 말을 하면 좋을지 도무지 모르겠는. 어떻게 말해야 나중에 후회하지 않을지…… 주저하는 사이 목구멍까지 차올랐던 말들은 다시 마음 깊은 곳으로 가라앉는다.

울음을 터뜨린 우리를 시간은 한두 번 건너뛰어 버린다. 준비된 말들은 무 조리 사라진다.

게으른 말들이 11월의 나뭇잎처럼 바람에 나뒹군다.

말들도 가끔 변덕을 부린다. 그래서 이상하게 템포가 어긋난다. 지금 막 당신의 귓가에 떠오른, 은밀한, 속삭일 필요가 있는, 그러나 결국 다 엉켜 버릴 한마디.

언제나 그랬듯 나는 나머지 말들을 데리고 꿈으로 진입한다. 한때 우리를 사랑에 빠지게 했던 특별한 말들도 다 그곳으로 이끌려 간다. 말들은 구속되지 않고 전시되지 않는다. 남김없이 마모된다. 그것이 말들의 운명이다.

흙먼지가 휘날려 차창을 닫는다. 숲에는 싸락눈이 내렸

고, 벌판에 방목된 소들이 양지와 마른 덤불 사이를 거닐고 있다.

　○

　우리는 자유롭도록 선고받음과 동시에 시간에 속박된다. 매 순간 바로 다음 순간으로 붙잡혀 가는 나 자신을 붙잡으려고 바둥거린다. 시간 속의 우리는, 우리 자신에게 언제나 뒤처진다. 곁눈질. 벗어날 수도 역전할 수도 없는 추격전. 시간의 바깥에서 나를 흘겨보는 미래의 나 자신과 눈이 마주칠 때 거대한 무력감을 느낀다. 굳어 버린 두 발. 영원히 물레를 돌린다. 근엄하게 뒷짐을 지고 선 시간의 파수꾼이 나를 다그친다.

　○

　추위에 피부가 떨어져 나갈 것 같다. 투어가 계속될수록 체온이 소중해진다. 패딩 점퍼 양쪽 주머니에 핫팩이 하나씩 들어 있고, 등과 목에도 접착식 핫팩을 하나씩 붙여 두었다. 시린 발이 제일 고통스럽다. 눈밭에 발이 푹푹 빠진다. 신발 바닥을 뚫고 냉기가 그대로 전해진다. 발가락 끝에는 아무 감각이 없다. 그나마 방한화라서 겨우 버티고 있는 것이다. 언 발가락을 꼼지락거리며, 체온이야말로 인간의 가장 분명한 본질이 아닐까 생각한다. 체온이 있기에 서로를 느낄 수 있고, 나와 닿아 있는 자리에 그 사람이 실재한다고 믿을 수 있다. 누군가의 손을 잡고 있으면 나는 그 손을 가만히 두지 않는다. 손의 포옹을 이리저리 다르게 하면서 부지런히 체온을 느낀다. 어떻게든 거듭 체온을 느끼려고. 사랑하는 이의 손을 잡을 때 그 사람의 체온을 느끼는 동시에 오히려 거꾸로 나 자신의 체온을 제대로 인지하면서 스스로 존재를 확인한다.

　운전사가 예고한 시각이 되어 차량은 다시 출발한다. 이 숲이 아까 본 그 숲인지, 아니면 또 새로운 숲인지 모르겠는 무수한 숲과 끝없는 설야를 지나 잡초와 덤불들, 구릉과 침엽수들, 곳곳에 그려진 앞서 지나간 차량들의 바퀏자국을 따라 단조롭게 변주되는 풍경 속을 계속 달린다. 겨울 섬의 황무지 위에서 머리가 깨끗이 맑아진다. 흐린 날에도 자연의 침묵은 별처럼 빛나고, 얼음 호수는 마음을 평화롭게 정화한다. 얼마간 넋을 잃고 눈에 담으려 한다. 백미러 속으로 저 멀리 사라져 가는 나무들을 보고 있으면 조금 서글퍼지기도 한다. 아름다운 것은 왜 늘 멀어지는지. 하지만 그 비정한 멀어짐을 지켜보는 것 또한 고유한 아름다움이리라. 멀어지지 않는다면 영원히 알 수 없으리라.

　올혼섬 북쪽 끝에 위치한 커다란 곶에 다다른다. 이곳은 호보이 Cape Khoboy 라고 불리는데, 부랴트어로 '들짐승의 송곳니'를 뜻한다. 날카로운 송곳니로 얼음 호수의 목덜미를 꽉 물고 있는 섬. 그래서 말없이 고요한 섬. 주변이 훤히 내다보일 만큼 높이 솟은 지형에 올라 정차한다. 운전사가 조수석에 앉은 나를 보며 뭔가를 떠먹는 시늉을 해 보인다. 여기서 점심을 해결하고 가자는 뜻이다. 그를 도와 우아직 하부의 트렁크를 열어 숙소에서 챙겨 온 도시락 박스를 꺼낸다. 니키타 홈스테드에서 투어 인원에 맞게 이른 새벽부터 미리 만들어 준 것이다. 험한 길을 달려오느라 차량이 많이 흔들려서 조금 걱정했지만, 도시락은 전부 멀쩡했고 아직도 약간이나마 온기가 남아 있다. 소시지 한 개를 얹은 향긋하고 고슬고슬한 야채 볶음밥, 호밀빵 사이에 염소젖 치즈 한 장을 넣은 샌드위치, 보온병에 담긴 따뜻한 홍차와 딱딱하고 비스코티 두 개. 충분하진 않지만, 나름대로 만족스러운 구성이라고 생각했다. 이동하는 동안에는 못 느꼈는데 음식을 보니 갑자기 몹시 허기가 진다. 온통 눈 덮인 곳의 차량 안에서 모르는 사람들과 함께 음식을 먹는 기분이 새롭다. 운전사가 나눠 준 작은 스테인리스 컵에 김이 모락모락 피어오르는 홍차를 따라 마시고 소시지를 한입 베어 문다. 오전 내내 추위에 떨다가 짭짤한 것이 혀에 들어오니 침이 잔뜩 고인다.

운전사의 머리 위 백미러 옆으로 차량 통행증과 영수증 따위를 넣어 두는 수납공간이 있는데, 거기에 '세르게이'라고 한글이 또박또박 적힌 메모지가 붙어 있다. 빛이 바래지 않은 걸 보니 붙여 둔 지 얼마 되지 않은 듯하다. 운전사에게 물으니 투어에 참가했던 한국인이 그의 이름을 한글로 적어 주었다고 했다. 물끄러미 메모지를 보고 있다가 세르게이, 하고 혼잣말하자 그가 다시 세르게이, 하고 답하며 고개를 끄덕인다. 세르게이, 세르게이. 내 이름을 말해 주니 그가 가볍게 미소 지으며 두어 번 발음해 본다.

비스코티를 후식으로 쪼개어 먹는다. 세르게이가 여기서 삼십 분 정도 머무를 거라고 알려 준다. 차량에서 내려 호수와 맞닿아 있는 절벽 쪽으로 다가간다. 시간의 완력이 만든 거칠고 높다란 절벽이 섬의 테두리를 두르고 있다. 내려다보면 질푸른 무늬로 뒤덮인 얼음 해변이 드넓게 펼쳐져 있다. 모래 대신 하얀 눈. 호수 끄트머리에는 물결치는 파도처럼 어떤 순간들이 얼어붙어 있다. 좌우로 험난한 낭떠러지가 쭉 이어지고 눈으로 계속 따라가 보면 다른 곳들이 보인다. 오후 2시를 조금 넘겼을 뿐인데 벌써 노을이 시작되려는지 불그스름한 기운이 곳곳에 드리운다.

○
섬은 계절을 뒤집어쓴 채 시간을 노래하지.
네 가지 템포로.
바위와 나무, 이끼와 계곡, 모래와 언덕, 바람의 아포크리파apocrypha.
천사의 손가락으로 이루어진 쿼텟이 섬 전체에 울려 퍼진다.
섬에는 섬의 속성을 공유하는 자연물들이 도처에 자생하고 있다. 연인이면서, 가족이면서, 친근한 이웃이면서, 또 허물없는 친구인 그것들의 유대감이 섬의 전경을 그려 낸다. 각각의 시간적인 리듬을 타고 흐른다. 맑은 날에도 궂은 날에도, 그리고 빙하기에도 끊임없이 이어지는, 춤추는 차원의 격렬한 동작 하나하나.

나움 가보에 따르면, 시간이란 움직임, 즉 리듬이란 조각이나 회화에서 선과 형태의 흐름을 나타냄으로써 지각되는 착시적 움직임일 뿐 아니라 실제의 움직임이다.[26] 그는 「운동적 구성물」(1920) 연작에서 조형물에 시간을 부여한다. 섬세하게 표현된 무수한 선들의 움직임을 통해 새로운 차원의 아름다움을 발굴해 낸다.

　두 눈으로 포착할 수 없는 제자리의 연속성 또한 움직임이다. 모든 자연물은 그런 움직임을 지니고 있다. 움직이는 동시에 멈춰 있다.(반대로 우리는 움직이면서 시간을 창조해 내고, 움직임은 곧 시간이다.) 미동도 없이 같은 자리에 쌓이는 움직임. 무거운 시간. 무거운 것이 가벼운 것을 밀어낸다. 무한히 두 갈래로 갈라지는 세계에 자연물의 시간이 이끼처럼 들러붙는다. 산맥에도 바위에도 자갈에도 모래에도…… 보이지 않는 틈새마다 빛나는 순간이 움트고 있다. 자연물은 공간에 있음으로써 시간을 증명한다.

　현재란 끊임없는 착시이다. 연속적인 현재란 실재하지 않는다. 시간은 강물이 아니다. 높은 곳에서 낮은 곳으로, 이쪽에서 저쪽으로 흐르는 것이 아니다. 시간은 풍경 속에 산재한다. 유일하다는 착각을 내려놓는다. 내 마음은 아주 작은 렌즈 하나일 뿐. 시간의 고운 입자가 범벅된 손을 툭툭 털어 낸다.

　현재주의와 영원주의.

　퍼즐 조각들의 거대한 평행 우주.

　어지러워도 구토하지 않고 나의 시간적 부분들을 그리워한다. 합해질 수 없으나 전체가 될 수 있는. 누구나 홀로 헤맨다. 영원히 만나지 않는다. 눈으로 시간을 좇는다. 그것이 직관의 엔트로피이다. 시간 차원이 어떻게 작동하는지 낱낱이 알 수 없으므로, 현재는 아직 캄캄한 새벽 산장에 들리는 산새 소리처럼 속절없이 흩어질 뿐이다. 섬의 겨울이 이를 뒷받침한다.

우리는 한 점으로 쪼그라들지 않는다. 더해지고 팽창한다. 찢어지지도 않는다.

모든 것은 이미…… 뒤늦다. 뒤늦고 나서야 깨닫는, 어쩌면 뒤늦어야만 깨달을 수 있는 어리석음. 살아 있는 동안은 이해할 수 없을, 시간에 관한 명제를 만들어 간다.

○

한참 달리다 보니 이제 숲도 산도 보이지 않는다. 계속 허허벌판이다. 먼 곳은 그저 멀리에 있고 가까운 곳은 그저 가까이에 있으며, 창밖의 모든 것이 단조롭게 흘러간다. 우아직 두 대가 멀찌감치 앞서 달리고 있다. 시끄러운 엔진음 때문에 바깥소리는 거의 들리지 않는다. 구릉 위에 홀로 남은 나목 한 그루를 막 지나치고 나니, 저 너머로 다 사라져 버린다. 보이는 것은 이제 나무 한 그루뿐. 우중충한 구름들 사이로 머나먼 옛날의 박명이 보인다. 차량이 자꾸 흔들려서 시야가 어지럽다. 세계는 영원히 덜컹거리고, 시간은 결국 시작도 끝도 없다는 듯이 능청스럽다. 오른손으로는 머리 위 조수석 손잡이를 붙잡고 있고, 왼손으로는 패딩 점퍼 주머니 속의 핫팩을 쥐고 있다. 뒷좌석에 앉은 다른 사람들은 어느샌가 모두 잠들어 있다. 라디오라도 틀어 줬으면. 제목은 기억나지 않고 멜로디만 어렴풋이 남아 있는 어떤 음악을 마음속으로 재생해 본다. 버티고 버티다 선잠에 빠진다.

춥다고 속삭이는 누군가의 혼잣말.
아득한 꿈.
사다리꼴 하늘.
꿈의 장벽.
선명한 빛줄기가 여기저기서 동시에 반사된다. 사물 사이의 간격이 좁아지면서 세계는 작아진다. 시간은 가속된다. 집채만 한 얼음 기둥이 도처에 널려 있고 새로운 얼음 기둥이 끊임없이 지상으로 떨어져 내린다. 무시무시한 굉음과 함께 땅에 처박힌다. 웅장하고도 미세한 떨림.
세계가 작아지고 있구나. 이러다 완전히 사라지면 어떡하지. 이대로 다 사라지면 어떡하지. 어디로 가야 하지.
나는 추락하는 얼음 기둥을 피해 다닌다. 언제까지나. 불현듯 떠오르는 운전사의 얼굴, 벌판 위에 홀로 죽어 있는 고목의 몸통에 박힌 말의 두개골. 얼음 기둥이 추락하면서 일으킨 분진과 미세한 파편이 사방에 흩뿌려진다. 나는 충격에 휩쓸리지만, 꿈 바깥의 섬은 여전히 평화롭다.

○
꿈에 관한 메모

꿈은 시제를 뒤섞는다.

꿈은 시간적인 것에 속하지 않는다. 부분도 아니다. 그러므로 무한하다.

꿈에서 자연물은 시간 축을 벗어나 있다.

꿈이라고 믿어지는 쪽으로 기울어진다. 그러면 꿈의 시간은 한없이 가벼워진다.

한낮에 틈입하는 세계는 얼음 기둥 같은 충격을 선사한다.

모든 충격은 아름답다.

모든 충격은 참을 수 없이 아름답다.

꿈에서 진실과 거짓은 종종 전복되어 나타난다.

꿈은 현실의 거울이 아니다. 아무것도 반영하지 않는다. 편집하고 조합하고 치환하고 왜곡할 뿐이다.

환상과 루머.

환상은 없고 루머가 있을 뿐.

꿈에서, 우리는, 누구나, 뒤틀린, 그림자이다.

우리가 보는 것은 시간의 포트레이트이다.

지금 꾸고 있는 꿈은 또 다른 꿈으로부터 벗어나기 위한 몸부림이다.

꿈은 시간 속에 존재할 수 없으므로, 마치 꿈만 같다고 생각될 때 그것은 언제나 꿈이 아니다.

기억과 상기는 다르다. 기억은 현실과, 상기는 꿈과 얽혀 있다.

무수한 옆구리들.

우리는 꿈에서 꿈으로 도망친다.

○

거뭇한 구름과 깨끗한 눈, 정갈한 숲. 땅에 길이 보이지 않지만, 앞서 간 차량들의 바큇자국이 곧 길이 되는 곳이다. 흔적을 이정표 삼아 달린다. 길이 길을 만든다. 이곳에서는 같은 자리에 시간이 쌓여서 길이 생긴다. 사람이든 차량이든. 차체는 지긋지긋할 정도로 덜컹거린다. 엔진 소리도 이제는 적응이 되어 귀에 거슬리지 않는다. 실은 잘 구별되지 않는다. 언젠가 다음과 같은 문장을 쓴 적이 있다.

"삶은 환청과 멀미의 반복이다."

바깥 풍경만 봐서는 어디로 가고 있는지 도무지 알 수가 없다. 생각은 끝없이 불어났다가 어느 순간 소진되어 지금 이 순간만을 남긴다. 전방의 지평선을 향해 달리고 있을 때 나는 훌륭한 오케스트라가 주는 유의 긴장감을 느낀다. 뒤돌아볼 겨를도 없이 눈발을 헤치며 나아간다. 앞으로, 앞으로. 하지만 어느 쪽이 앞이고 뒤인지는 확신할 수가 없다. 길이 눈앞에 있고 그쪽을 향하고 있으니 앞으로 가고 있다고 느낄 뿐이다. 시간적으로 익숙한 감각이다. 뒤로 갈 수는 없다. 돌아갈 수 없고 돌이킬 수 없다.

○

섬이 그리는 자연의 무늬를 눈에 새긴다.(황량한 자연의 무늬와 자연의 황량한 무늬, 둘 중 어느 쪽이 더 황량하다고 말할 수 있는지. 두 개의 명사가 연달아 있을 때 형용사를 어느 자리에 붙이느냐가 미묘한 차이를 만든다. 몹시 중요한 선택이지만, 그냥 자연의 무늬라고 쓰기로 한다.) 주위를 둘러보다 외딴 자리의 나무와 붉게 얼룩진 바위를 만나면 꼭 사진을 찍어 둔다. 오묘한 노을에 물든 겨울 하늘은 영상으로 담아 둔다. 발 딛고 선 자리에서 파노라마를 찍듯이 제자리에서 한 바퀴를 돌아본다. 지금 이 풍경이 찍히긴 하겠지만, 내가 눈으로 보고 있는 이 풍경과는 전혀 다른 풍경이라고 해도 무방할 것이다. 카메라를 집어넣고 그냥 눈에 담기로 한다. 무엇을 찾거나 발견하려 하지 않고 그저 본다. 얼음과 돌, 땅과 하늘 말곤 보이는 게 거의 없지만, 그들이 이곳의 전부라고 할 수 있지만, 그들만으로도 충만해지는 기운이 있다.

알바로 시자나 프랭크 게리가 설계한 훌륭한 건축물도, 바버라 헵워스나 루이스 부르주아가 만든 경이로운 추상 조각도, 거대한 규모의 교회 벽화도, 여기서만큼은 그저 예술의 하나일 뿐이다. 어디까지나 인간에게서 비롯하므로 예술이 우주나 자연물의 위대함을 뛰어넘을 수는 없을 것이다. 초월적인 아름다움. 이상하리만치 평화로운, 그러나 압도적인 자연과의 마주침. 우주적인 시선이 저기 보이는 풍경 속에 존재한다. 본능이 가리키는, 너무나 순간적인 어떤 시선과의 마주침. 곧이어 실존적인 절망감이 들이닥친다. 시간과 공간 속에서 우리는 종종 길을 잃는다. 나는 무엇이 되고자 하나. 무엇을 해낼 수 있고 무엇을 써낼 수 있나. 그리고 그게 무슨 의미를 가질까…… 하지만 다시 곰곰이 생각해 보면 바로 그렇기 때문에, 역설적으로 내가 무엇을 하든 다 괜찮아진다. 한 톨의 먼지에조차 비할 수 없을 만큼 보잘것

없기 때문에, 그냥 하고 싶은 걸 하면 되는 것이다. 그렇다고 믿으면 정말로 그뿐이다.

다 강박일지도 몰라. 하고 싶은 걸 하면 돼. 깨닫지 못해도 괜찮아. 이루지 못해도 괜찮아. 의미와 싸우는 것, 무의미와 싸우는 것. 어느 쪽도 정답은 아닌걸. 우리는 이 우주에 내던져진, 자유로이 표류하는 작디작은 존재일 뿐이야. 너는 그저 너의 길을 개척해 나가면 돼. 앞서 간 존재들의 흔적을 이정표 삼아서. 마음껏 불안해하고, 그만큼 두려워하면서.

세계는 언제나 대칭으로 가득하다. 현재를 함부로 낙관하거나 비관하지 않기로 한다. 다 괜찮다는 말도, 괜찮지 않다는 말도 굳이 계속해서 되뇌지 않기로 한다. 정말로 숨이 다 멈출 때까지는 끝까지 숨을 멈추지 않기로 한다.

○

언어가 감정을 결정한다. 말에는 표면적인 의미뿐만 아니라 고유의 뉘앙스가 포함되고, 감정은 자유롭게 표현되고 해석된다. 그런데 내가 아는 단어는 한정되어 있고, 심지어 아는 단어라고 해도 제대로 모르고 있는 경우가 많고, 잘 모르는 단어로는 내가 느끼는 감정을 적확하게 표현할 수가 없다. 언어가 내 세계의 한계이듯이 언어는 내 감정의 한계이기도 하다. 감정이 단어가 되는 것이 아니라 단어가 감정이 되는 것이다.

어느 언어권에서든 단어는, 단어 하나의 관념은, 거의 무한에 가깝다. 하나의 단어에는 무수히 많은 다른 단어가 잠재되어 있다. 단어에 본질은 없고, 단어는 단어 안에 뭔가를 가두지 않는다. 오히려 단어 바깥쪽으로 끝없이 뻗어 나간다. 거미줄처럼 확장되면서 새로운 뉘앙스를 포획한다. 하나의 단어는 하나의 우주를 건설한다. 나는 불가능하고 단어는 가능하다. 언제나, 무엇이든.

다른 나라의 말로 번역이 되지 않는 단어도 있다. 언어가 일대일로 대응되지 않기 때문이다. 토스카^{Tocka}라는 러시아어 단어가 그렇다. 이 단어가 의미하는 바를 정확히 번역할 수는 없지만 한국어로 '감정적인 아픔'이나 '우울감' 정도로 해석할 수 있다. 구글 번역기에 입력해 보면 영어로는 '그리움^{yearning}', 한국어로는 '갈망'이라고 나온다. 그나마 가장 가까운 한 단어를 찾자면 그렇다는 것이다. 한국어로 조금 더 구체적으로 풀어서 쓴다면 '지배적인 우울과 심각한 권태가 결합된 정신적 불안' 정도가 될 텐데, 이 또한 완벽하게 통하는 뜻은 아닐 것이다. 그 나라의 언어와 문화에 내재된 시간과 감정을 그 나라 사람이 아니고서는 충분히 이해할 수 없기 때문이다.

러시아에서 태어난 미국의 소설가 블라디미르 나보코프는 '토스카'라는 단어에 대해 이렇게 썼다.

어떤 영어 단어도 '토스카'의 모든 뉘앙스를 전달하지 못한다. 그것은 별다른 이유 없는 커다란 정신적 고통의 느낌이다. 조금 덜 고통스러운 수준의 감정으로는 알 수 없는 마음의 고통…… 영혼에 무뎌진 고통, 바랄 수 있는 것이 없

을 때의 열망, 혼란스러운 불안, 향수병, 사랑의 괴로움이 있다.[27]

조금 덜 고통스러운 수준의 감정으로는 알 수 없는 고통이라니. 그런 고통이 정말로 있다면 그것이 인간의 고통인 한 '토스카'라는 단어를 모르는 사람도 이와 거의 흡사한 감정을 느낄 수는 있을 것이다. 서로 다른 두 사람의 감정이 100퍼센트 일치할 수는 없지만, 그것이 결국 인간의 감정이므로 동일한 범주에는 속할 테니까. 느끼고 있거나 이미 느껴 본 두 사람이 만나 대화를 나눈다면 서로 어느 정도 공감할 수 있다. 누구나 경험적으로 또는 선험적으로 알고 있다. 하지만 언어적으로 표현해 보라고 한다면 자신의 언어로 그 감정을 한정 짓고 말지도 모른다.

내가 느낀 어떤 고통의 감정을 글로 써서 설명해 보려고 한 적이 있다. 그것이 내게 얼마나 커다란 고통이었는지 타인에게 이해시킬 수 없다는 걸 알면서도 일단 시도해 본 것이다. 괴로워하면서 써 내려간 단어들을 뒤적거리고 불완전한 감정으로 쌓아 올린다. 그리고 도중에 무너뜨린다. 같은 종류의 감정을 전달하는 것이 아니라 그 감정을 정확하게 전달하는 것이 중요했기 때문에, 실패하고 또 실패한다. 눈에 보이지 않는 것, 다양한 감정과 관념들에 대해 쓰는 일은 결국 그런 실패의 반복을 무릅쓰는 시도들이다. 어느 날의 진솔한 일기와 편지가, 수많은 시와 소설을 비롯한 문학 작품이, 우리가 느끼는 어떤 감정을 오롯이 담아내기 위해, 보다 정확하게 다가서기 위해 쓰이고 있는 거라고 할 수 있다.

마음 안에서 한번 번뜩이고 나면 쓰지 않고는 못 배기는 경우도 있으니까. 언어가 감정을 결정하기 때문에 실패를 거듭할지언정 마지막까지 포기할 수 없는지도 모른다.

체코에서 태어났으나 프랑스로 망명한 소설가 밀란 쿤데라의 소설집 『웃음과 망각의 책』을 보면 리토스트^{Litost}라는 단어가 등장한다. 상술한 토스카와 마찬가지로 다른 나라 말로는 정확하게 번역되지 않는 체코어이다. 쿤데라는 리토스트의 의미를 전할 수 있는 번역어를 찾고자 수많은 외국어를 살펴보았지만 결국 찾을 수 없었으며, 도대체 어떻게 다른 나라 사람들이 이 단어 없이 인간의 영혼을 이해할 수 있는지 모르겠다고 말했다. 총 일곱 개 이야기로 구성된 이 소설집에서 각각의 이야기는 거대한 세계를 형성하는 동시에 서로 다른 여정으로 변주되는데, 다섯 번째 소설의 제목이 바로 「리토스트」이다. 거기에 쿤데라는 썼다.

리토스트란 불현듯 발견한 자기 자신의 비참함을 보는 데서 생겨나는 고통스러운 상태를 말한다. (……) 사랑의 절대성이란 절대적 동일성에 대한 갈망이다. 우리가 사랑하는 여자는 우리만큼 느리게 헤엄쳐야만 하고, 그녀에겐 혼자 행복해하며 기억할 수 있을 자신만의 과거가 없어야 한다. 하지만 절대적 동일성의 환상이 깨지는 순간 사랑은 우리가 리토스트라고 부르는 거대한 번민의 영원한 원천이 되고 만다. 인간의 공통된 불완전성을 깊이 경험한 사람은 상대적으로 리토스트의 충격으로부터 안전한 위치에 있다. 자기 자신의 비참함을 목격하는 일이 그에게는 흔하며

흥미롭지 않다. 따라서 리토스트는 무경험의 연령층의 것이다. 청춘의 장신구 가운데 하나인 것이다.[28]

누구나 "리토스트의 충격"을 경험한다. 맨 처음 그런 충격을 경험한 인간에게 그것을 표현할 만한 단어는 주어지지 않았을 것이다. 이 감정을 담아낼 적당한 단어를 떠올릴 수 없었지만, "거대한 번민"을 겪은 사람들에게 우연히 리토스트라는 단어가 주어졌고, 그들은 여기에 자신이 겪은 충격을 조금씩 불어넣기 시작했을 것이다. 그렇게 탄생한 단어가 아주 오랜 시간에 걸쳐 서서히 그들이 공유하고자 하는 감정을 닮아 온다. 대체할 수 없는 단어가 될 때까지 단어는 감정에 동화되고, 다시 또 아주 오랜 시간에 걸쳐 그들의 자손의 자손의 자손의 자손이 그 단어를 습득하고 사용하게 되었을 때에는, 거꾸로 그 단어가 "거대한 번민"이라는 감정의 본체가 되어 사람들이 느끼는 감정을 빌려주고 회수해 가는 것이다. 알게 모르게 우리는 우리의 감정을 수많은 단어들에 빚지고 있다.

사우다드 Saudade. 참 알쏭달쏭한 말이다. 그리움이긴 하되 단지 과거에 대한 향수뿐만이 아니라 오지 않은 것, 미지의 것, 미래에 대한 그리움까지 포함하는 넓은 말이다. 아니 적어도 많은 포르투갈인들은 그렇게 믿고 싶어 한다.[29]

'사우다드'라는 포르투갈 단어는 세상에서 가장 아름다운 단어 목록에 올라 있다. 무엇이 단어의 아름다움을 결정지을까? 영어와 프랑스어로도 글을 쓰고 번역을 했던 포르투갈의 시인 페르난두 페소아는 사우다드의 진정한 느낌을 이해할 수 있는 사람은 포르투갈 사람뿐이며, 사우다드를 지닌 포르투갈 사람만이 그것을 느끼고 표현할 수 있다고 말한다. 우리도 우리만이 이해할 수 있는 단어와 느낌이 있지만, 사우다드는 확실히 흥미롭다. 어떻게 포르투갈인들은 아직 오지 않은 것, 미지의 것, 미래에 대한 그리움까지 한 단어에 불어넣을 수 있었을까? 시제를 초월하는 감정이 어떻게 단어 하나로 함축될 수 있을까. 과거에 대한 회상, 미래에 대한 예감, 그리고 아직 오지 않은 미지의 순간들까지 망라하는, 수많은 사람들에 의해 공유되는 그리움이란 얼마나 넓고 깊은 그리움일지 나는 도무지 상상할 수가 없다.

　같은 단어를 두고 우리는 서로 다른 감정을 느끼기도 한다. 어떤 단어에서는 체념과 절망을, 또 어떤 단어에서는 희열과 쾌감을 느낀다. 단어는 누군가의 이정표나 전환점이 되기도 하고 특별한 시공간이 되기도 한다. 이따금 완전히 새로운 삶의 국면을 불러일으킨다. 오랜 시간 인간의 감정을 축적해 온 단어는 현재에 이르러 무한한 가능성을 지닌다. 어떤 의미에서는 한 단어가 나라는 한 인간보다 더 크다. 그러므로 더 많은 단어를 알고 사용하는 것은 내가 살아 낼 수 있는 만큼보다 더 많은 시간을 향유하는 것과 같다. 은유적으로, 그리고 다분히 희망적으로.

　올혼섬 북부 투어를 마치고 숙소로 돌아와 뜨거운 물로 목욕을 한다. 방은 무섭도록 고요하다. 환기를 위해 열어 둔 창문 틈으로 깨끗한 어둠의 냄새가 난다. 잠깐이라도 책을 펼쳐 읽어 보지만, 천장등이 너무 밝아서 그런지 집중이 잘 되지 않는다. 불을 끄고 이불을 덮는다. 밀물처럼 밀려든 검은 밤이 섬을 가득 채우고 있다. 박동 소리가 들린다. 불분명한 장면과 감정들이 뒤얽힌다. 하늘을 똑바로 보고 누우니 어둠 속으로 세월의 흔적이 잔뜩 묻은 천장이 눈에 들어온다. 천장은 기억의 캔버스가 되어 뭔가가 스멀거리기 시작하고, 아까 낮에 보았던 죽은 고목 한 그루의 모습을 그려 보인다. 숙소로 돌아오는 길에 휴식을 취할 겸 차량을 세운 자리에 그 나무가 있었다. 아니, 그 나무가 있는 자리에 차량을 세운 것이다. 세르게이가 매번 쉬었다 가는 자리였고 그는 거기서 담배를 태웠다. 나는 그 모습을 카메라로 담았다. 나무의 몸통에는 나무보다 더 오래 전에 죽은 말의 머리뼈가 통째로 박혀 있었다. 신에게 제물로 바치기 위해 먼 옛날 샤먼이 죽인 말이었다. 말의 눈이 있었을 자리에는 구멍이 뚫려 있고, 그 속으로 썩지 않는 메마른 나무껍질의 주름이 보였다. 깊이를 가늠할 수 없는 시간의 투명한 동공이 그곳에 있었다.

멍하니 있다가 고개를 흔들어 천장의 나무를 흐트러뜨린다. 불 꺼진 방, 쿠지르 마을의 니키타 홈스테드, 올혼섬 한가운데, 바이칼 호수, 거대한 시베리아 설원. 작고 허름한 방 한 칸에 누워 토스카와 리토스트와 사우다드의 감정을 차례로 들여다본다. 비슷한 감정을 떠올리고, 섞어 보고, 나도 모르게 서서히 동화되어 간다. 이때 내가 느낀 것은, 단지 그날 보고 듣고 경험한 것에 대한 그리움이 아니라 그동안 나를 관통해 지나쳐 간 무수한 바래진 나, 결코 잊을 수 없는 선연한 나, 언젠가 다시 그곳에 찾아와 머무를 나, 또 언젠가 그곳에 영원히 부재할 나…… 그 모든 나 자신의 투명한 동공을 통해 연결되는, 시공을 초월한 동시적인 그리움일지도 모른다.

찰나적인 것이 무한히 중첩되면서, 순서도 정렬도 없는, 기억의 단서가 반짝이며 나타났다가 한꺼번에 사라진다. 내가 태어나기도 전에 이미 다 잊어버린 듯한 기이한 순간들. 환각 같은 걸까? 이곳에 조금 더 오래 머무르고 나면 내게 결여된 어떤 것을 발견할 것만 같은 느낌이 든다. 이유는 모른다. 막연한 느낌이다. 그때는 알 수 있을까?

○

아름다운 자연물을 볼 때, 그저 바라보기만 할 뿐 다가갈 수 없다. 그건 베일에 가려진 어떤 것이 아니라 베일 그 자체인 듯하다. 해석되거나 번역되지 않는다. 아름다움은 그냥 그 자리에 존재한다. 과시하거나 상징하거나 하지 않고 오직 거기서 스스로 빛을 발한다. 그것만으로 언어를 초월한다.

아름다운 것의 무위가 그것의 아름다움을 완성한다.

○

눈이 뜨인다. 눈은 언제나 저절로 뜨이고 열린다. 열리는 것은 어쩌면 눈꺼풀이 아니라 창문일지도 모른다. 오전 8시.

알람을 끈다. 자는 동안 뒤죽박죽인 꿈을 꾼 것 같은데 기억에 남는 건 별로 없다. 원래 꿈을 꾸면 금세 잊어버리는 편이다. 꿈을 정말 꿨는지도 잘 모를 만큼, 뭔가 꾸긴 꾼 것 같은데 그게 어떤 에피소드나 장면으로는 남지 않는 것이다. 주로 단편적인 느낌만이 남는다. 쫓겨 다녔다거나 낯선 곳에서 한참을 헤맸다거나, 무서웠다거나 안타까웠다거나, 꿈의 꼬리가 어느 한구석의 쥐구멍으로 슬그머니 사라지면서 잠에서 깨는 식이다. 꿈은 대체로 공허하다. 해몽은 해몽일 뿐이어서 곰곰이 생각해 보면 결국 어떤 의미도 남지 않는다. 낱낱이 그려지는 하나의 이야기로 복원될 수 없다면 꿈은 아무도 없는 텅 빈 극장에 잠시 나타났다가 홀연히 사라지는 연기 같은 것이다. 무감정한 스케치. 나는 어느 불 꺼진 극장이고 꿈은 거기서 상연되는 연극이다. 내용보다는 상연된다는 사실 자체가 중요하다.

오늘 쿠지르 마을을 떠난다. 잠들기 전부터 아쉬운 마음이었다. 새벽에는 기온이 많이 떨어져서 그런지 몸을 조금만 뒤척여도 이불 속으로 굉장한 한기가 스몄다. 잠에서 깨니 냉동고 속에서 잔 것처럼 몸이 굳어 있었다. 겨울 어스름 속에서 겨우 일어나 기지개를 켠다. 아침을 먹기 위해 방을 나선다. 니키타 홈스테드의 식당 건물로 가는 길목에 단층 창고가 하나 있는데, 반쯤 문이 열려 있어 들여다보니 겨우내 먹을 만큼의 채소를 재배하기 위한 온실이었다. 어쩔 수 없이 자급자족할 수밖에 없는 환경이구나 싶었다. 온도차 때문인지 남쪽으로 트인 커다란 창문 안쪽에 물방울이 가득 맺혀 있다. 식당에 도착하니 이른 아침부터 조식 뷔페가 마련되어 있다. 특별한 메뉴는 없어도 나름대로 알찬 구성이었다. 따듯한 쌀죽과 얇게 구워서 식힌 크레페, 비트 샐러드, 반숙 달걀 프라이와 간단한 생선 요리, 신선한 우유와 시리얼, 과일 두세 가지. 골고루 접시에 담아 자리를 잡는다. 꾀죄죄한 쥣빛 고양이 한 마리가 옆 테이블에 앉아 나를 보고 있다. 누가 기르는 건 아니고 식당 건물에 사는 녀석 같은데, 잠이 덜 깬 눈으로 조식을 먹으러 온 낯선 이들을 구경하는 게 소일거리인 듯하다. 사람들은 대부분 고양이를 지켜보는 걸 좋아하지만, 뭔가를 지켜보는 걸 정말로 좋아하는 쪽은 아마도 고양이들이다. 한참이나 물끄러미 나를 본다. 바이칼 호수의 한가운데에 사는 고양이에게 한국말로 인사를 건넨다. 동물에게 말을 걸 때는 누구나 모국어를 쓰기 마련이니까. 조심스럽게 손을 뻗었는데 피하지는 않는다. 비트 샐러드를 씹으며 녀석의 목덜미를 쓰다듬는다. 잠깐 서로의 시간을 말없이 나눠 가진다.

　　마을을 떠날 채비를 마친 뒤 비스트로에서 따듯한 커피를 한 잔 마신다. 시간 여유가 있어 떠나기 전 조금이라도 더 올혼섬의 풍경을 눈에 담아 두고 싶어 산책을 나선다. 춥긴 하지만, 맑고 상쾌한 날씨이다. 겨울 아침 산책은 모름지기 추워야 한다. 장갑과 양말을 뚫고 손발이 다 시릴 만큼 추워야 하고, 눈 쌓인 산등성이를 바라보며 손을 비벼야 하고, 한적한 가운데 어디선가 눈 치우는 소리가 들려야 하고, 호수와 연못이 꽁꽁 얼어 있어야만 진정한 겨울 산책이라고 할 수 있는 것이다. 그런 의미에서 쿠지르 마을의 겨울은 더할 나위 없었다. 여러 겹의 옷을 껴입고 우샨카 털모자로 귀를 포함한 얼굴을 꽁꽁 싸맸는데도 덜덜 떨릴 만큼 추웠다. 산책 내내 사방에서 휘몰아치는 찬바람 때문에 코끝에 이슬이 맺히고 눈가에 눈물이 얼었다. 이곳에 사는 사람에겐 몹시 혹독한 겨울이겠지만, 내겐 오랫동안 기억에 남아 그리워하게 될 겨울이었다.

어느 쪽을 보아도 시야가 깨끗하다. 세계의 해상도가 한층 높아진 것 같다. 같은 장소여도 아침이 밤보다 밝음이 어둠보다 넓은 느낌. 집들과 집들 사이, 이걸 길이라고 부를 수 있는지 모르겠지만, 길에는 돌아다니는 사람이 없다. 전신주 아래 빈터에는 오늘도 한 무리의 소들이 거닐고 있다. 소들은 어제와 같은 눈으로 나를 바라본다. 매일 같은 눈을 가질 수 있다는 게 부럽다. 누구나 그렇게 타인을 바라볼 수 있다면 세상은 한층 아름다울까. 호수 가까이 다가갈수록 아직 발자국이 없는 순백의 눈이 가득하다. 그걸 밟는 일이 걸음걸음마다 산뜻한 리듬을 불어넣는다. 부르한 바위와 병풍처럼 저 멀리 그늘진 시베리아 산맥이 여전히 호수를 지키고 있다. 눈들의 턱을 밟을 때마다 얼음이 부서지고 차가운 파찰음이 울린다. 호숫가를 돌아보면서 부르한 바위가 왜 샤먼들의 고향이라고 불리는지 그 이유를 조금은 알 것 같았다. 어제와 다를 바 없는 풍경을 어제의 풍경에 덧입혀 눈에 담았다. 그만큼 더 선명해지지 않을까 싶어서.

오전 11시에 올혼섬 선착장으로 가는 버스를 타고 마을을 떠나는 일정이다. 다시 한나절을 꼬박 이동해야 이르쿠츠크 시내에 도착할 수 있다. 새삼 모든 것이 신비롭다. 전혀 몰랐던 세계의 일부가 여기 이렇게 존재하고 있구나. 내가

떠나도 이곳은 언제까지나 이대로겠지. 배우가 떠나도 무대
는 남듯이. 지구상에는 아직 내가 모르는, 영원히 알 수 없
을지도 모르는 시간과 공간이 너무나도 많을 것이다. 평소
내가 누리고 있는 비좁게만 느껴졌던 일상이 실은 꽤 아늑
했던 거라는 깨달음. 조금은 돌아가고 싶어진다. 꼭짓점 하
나를 잘 찍고 떠나는 기분이다. 꼭 다시 올게. 누구에게도
건넬 수 없는 인사말을 속으로 삼킨다. 익숙한 일이다. 남은
시간에는 육안으로 볼 수 있는 최대한 먼 곳을 지그시 바라
보았다.

　　　○
　　빛의 침략을 막고 비선형의 시간을 정복하는 일. 시작,
중간, 끝. 시작, 중간, 끝. 하늘이 닫힌다. 거대한 인식의 벽으
로 둘러싸여 시간이 틈입할 수 없는 차원으로 간다. 뿌리도
흙도 없이 마침내 우리는 정착할 것이다. 영원의 로프를 붙
들고 더는 시간에 떠밀려 가지 않을 것이다. 아몬다와족의
노래를 부르며.

　　　○
　　한국으로 돌아오고 나서 바로 며칠 뒤 이상한 꿈을 꾼다.
　　나는 횡단 열차를 타고 어디론가 이동하고 있다. 열차는
너무 길어서 머리와 꼬리를 한눈에 담을 수 없다. 객실이 갑
자기 어수선해진다. 꿈이라는 걸 자각하지 못한 채 알 수 없

는 위화감을 느낀다. 차창 옆의 흑백텔레비전에 뉴스가 켜져 있고 하단의 붉은 헤드라인이 빠른 속도로 흐른다. 눈을 부릅뜬 젊은 리포터가 긴급 속보를 전하는 중이다. 동시에 열차와 열차의 바닥이, 하늘과 땅이 거세게 뒤흔들린다. 창밖에서 화산처럼 솟구쳐 오른 땅이 풍경을 집어삼킨다. 지구와 화성 간의 거리가 가까워지고 있어 이대로라면 충돌을 피할 수 없고, 심지어 벌써 충돌 직전에 다다랐다는 내용의 긴급 속보였다. 그런 와중에도 뉴스가 송출되고 있다고? 이게 말이 되나? 어떻게 하라는 거지? 뉴스의 분위기는 의외로 평온하기까지 하다. 어디서도 다급한 비명은 들리지 않는다. 멍하니 자리에 앉아 있는 동안, 투명하게 압축된 엄청난 파동이 열차를 관통한다. 가슴이 철렁 내려앉는다. 설원 위로 무시무시한 땅거미가 몸을 불리기 시작한다. 산맥 너머로 섬광이 번쩍인다. 뒤이어 굉음이 울린다. 심장이 으스러질 것 같은 충격에 화들짝 놀라 온몸이 얼어붙는다.

　　지구는 지금 이 순간에도 자전과 공전을 하고 있을 텐데. 열차에 가만히 있으면 세상은 어떻게 되는 거지. 행성과 행성이 충돌하기 직전이라면 중력이 뒤틀렸을 텐데 어떻게 아직도 철로가 멀쩡할 수 있는 거지. 시간 속에 살아 있다는 건 행운일까 불행일까. 열차는 아무 일 없다는 듯이 설원 위를 달리고 있다. 사람들은 객실을 두리번거리며 서로를 쳐다보긴 하지만, 다들 무덤덤해 보인다. 마치 어느 정도는 알고 있었다는 듯이. 정해져 있던 일이라는 듯이. 또 한차례 굉음이 울린다.

　　인간은 무력하고 시간은 절대적이다. 할 수 있는 게 없다는 걸 깨닫는다. 모든 것이 너무나도 자명하기 때문이다. 그걸 받아들이는 것만이 지금 주어진 미래이다. 불안하거나 두렵지는 않다. 오히려 정신이 맑아진다. 주사위에 의한 깨끗한 운명론을 떠올린다. 자전과 공전을 하는 지구의 움직임이 살갗으로 전해진다. 멈출 수 없는 순간 속에서 나는 홀로 안간힘을 쓴다. 눈을 감지 않으려고. 다가오는 무의미에 저항하기 위해 차가운 주먹을 꽉 쥔다.

그리고 꿈에서 깬다.

눈보라가 그쳤다. 쓰는 동안 몇 번의 겨울이 또 쌓였고 기억의 풍경이 조금 달라져 있다. 그날들은 멀리로, 아득히 멀리로, 영원히 팽창하는 우주 밖으로, 그리하여 시간 너머로 멀어지는 중이다. 끝없이 투명해지는 중이다. 다 쓰고 나니 다시 새 겨울이다.

주석

1) 안드레이 타르콥스키, 라승도 옮김, 『시간의 각인』(곰출판, 2021) 117쪽.

2) 에드몽 자베스, 최성웅 옮김, 『예상 밖의 전복의 서』(인다, 2017) 119쪽.

3) 소렌 안드레아센, 정주영 옮김, 『Mass and Order 2 – 질량과 질서』(미디어버스, 2016) 27쪽.

4) 김화영, 『행복의 충격』(문학동네, 2012) 11쪽.

5) "현재의 시간 창문은 점점 작아진다."라는 문장에서 인용. 한병철, 김태환 옮김, 『시간의 향기』(문학과지성사, 2013) 74쪽.

6) 크리스토프 바타이유, 김정란 옮김, 『시간의 지배자』(문학동네, 1997) 68쪽.

7) 김행숙, 『1914년』(현대문학, 2018) 29쪽.

8) 신대철, 『바이칼 키스』(문학과지성사, 2007) 37쪽.

9) 로베르트 발저, 배수아 옮김, 『산책자』(한겨레출판, 2017) 34쪽.

10) 존 오스틴의 언어철학 이론서 『말과 행위』(서광사, 2005)에 따르면, 누군가가 "이 땅의 이름을 세르게이로 명명하노라."라고 선언한다면 그것은 완전히 새로운 사실 관계를 창출한다. 문장의 발화를 통해 세계의 일부를 변화시킨 것과 같다. 발화가 곧 행위가 되는 것이다. 언어는 단순히 묘사하고 주장하고 진위를 구분할 뿐 아니라 수행적performative 기능을 한다. '수행적'이라는 단어는 '행하다perform'에서 비롯되었다.

11) 시차에 맞게 같은 경도상에 위치한 국가들은 자정을 지날 때

동시에 날짜를 일일 더하게 되는데, 그 기준선을 날짜변경선이라고 한다.

12)   막스 피카르트, 배수아 옮김,『인간과 말』(봄날의책, 2013) 40쪽.

13)   장폴 사르트르의 실존주의에서 인간은 인간 자신의 존재론적 구조로 인해 필연적으로 홀로 남겨진 존재다. '홀로 남겨짐'이란 세계 속에 던져져 자신과 자신의 행동에 전적으로 책임을 질 수밖에 없는 인간의 실존 조건을 말한다.『실존주의는 휴머니즘이다』(이학사, 2008)에 실린 옮긴이 박정태의 실존주의 용어 해설 127쪽에서 발췌.

14)   André Kertész in Paris(1982). youtu.be/zCr1r4boxdU

15)   윌리 로니스, 류재화 옮김,『그날들』(이봄, 2015) 30쪽.

16)   마리나 이바노브나 츠베타예바, 이종현 옮김,『끝의 시』(인다, 2020) 139쪽.

17)   다비드 그로스만, 김승욱 옮김,『시간 밖으로』(책세상, 2016) 194쪽.

18)   에두아르도 갈레아노, 김현균 옮김,『시간의 목소리』(후마니타스, 2011) 118쪽.

19)   영화「만추」(2010)에서 애나의 마지막 대사.

20)   콜린 더브런, 황의방 옮김,『순수와 구원의 대지, 시베리아』(까치, 2010) 166쪽.

21)   20세기 후반 프랑스 실험 문학 집단 울리포의 구성원이었던 조르주 페렉이 1979년 처음 발표한 소설 제목.

22)   조르주 페렉, 자크 루보, 김호영 옮김,『겨울 여행/어제 여행』(문학동네, 2014) 21쪽.

23)   파스칼 키냐르, 류재화 옮김,『심연들』(문학과지성사, 2010)

106쪽.

24) 다니엘 페나크, 조현실 옮김, 『몸의 일기』(문학과지성사, 2015) 196쪽.

25) 다비드 사모일로프, 박선영 옮김, 『사모일로프 시선』(지식을 만드는지식, 2012) 44쪽.

26) 조지 릭키, 강현석 옮김, 『키네틱 아트』(열화당, 1988).

27) 《러시아 비욘드》(2017. 5. 31.)

28) 밀란 쿤데라, 백선희 옮김, 『웃음과 망각의 책』(민음사, 2011) 230쪽.

29) 김한민, 『페소아 — 리스본에서 만난 복수의 화신』(아르테, 2018) 303쪽.

겨울 데자뷔

1판 1쇄 찍음 2024년 1월 26일
1판 1쇄 펴냄 2024년 2월 9일
지은이 최유수
발행인 박근섭, 박상준
펴낸곳 (주)민음사
출판등록 1966. 5. 19. (제16-490호)
주소 서울시 강남구 도산대로1길 62 강남출판문화센터 5층 (06027)
대표전화 02-515-2000
팩시밀리 02-515-2007

www.minumsa.com

© 최유수, 2024. Printed in Seoul, Korea
ISBN 978-89-374-5618-3 03800